즐거운
장난

즐거운 장난

전아리 소설

문학동네

차의 맛은 물의 온도, 찻잎의 양, 우려내는 시간에 따라 달라진다.

모든 차에는 오미(五味)가 있다. 쓴맛, 떫은맛, 신맛, 짠맛 그리고 단맛.

항아리 안에서 말린 국화꽃 세 송이를 꺼내 사기주전자에 넣고 끓인 물을 부었다. 노란 국화꽃이 주전자 밑바닥에서 빙글빙글 돈다. 찻주전자의 뚜껑을 덮고 도자기로 된 찻종을 나무받침 위에 올려놓았다. 일 분이면 국화의 그윽한 향이며 쌉싸래한 맛이 충분히 우러나지만 손님들은 주전자 위로 활짝 피어 떠오른 국화꽃을 보고 싶어한다.

구십 도의 물은 애처로울 정도로 말라비틀어진 국화꽃에게 마지막 아름다움을 선사한다. 언뜻 보면 갓 따서 띄워놓은 것처럼 보이기도 하지만 사실 그것들은 시든 지 오래다.

나는 쟁반 위에 주전자와 잔을 조심스럽게 올려담았다. 수백 가지의 국화 중 차가 될 수 있는 것은 야생 구절초와 노란 감국뿐이다. 그것들은 단맛과 깊은 향기를 품고 있다.

손님의 얼굴에는 새로운 맛에 대한 기대가 잔뜩 어려 있었다. 그들이 찻종 위로 흐르는 찻물 소리에 미소를 짓고 첫 모금을 마실 때면 나는 은근히 긴장하곤 한다. 손님은 눈을 감고 하얗게 피어오르는 향기를 음미한다. 입가가 느슨하게 올라가는 것을 보니 만족한 모양이다.

선반 위의 흐트러진 찻종을 일렬로 정리하고 동자가 새겨진 하얀 찻수건을 빨아 넌다. 나는 차 항아리에 손을 넣어 꼬들꼬들하게 마른 국화꽃잎을 만지작거렸다. 국화의 향이 손끝을 타고 배어오른다. 오늘 아침 어머니의 전화를 받았을 때도 나는 찻잎을 만지작거리고 있었다. 늘 손끝에서만 맴돌던 짙은 향내가 가슴속에 스멀스멀 물들어오르기 시작했다.

저기, 라디오 대신 조용한 음악을 틀어주시면 안 될까요? 연인과 다정히 앉아 있던 젊은 여자가 다가와 나지막이 말했다.

차 항아리를 밀어놓고 오디오의 재생 버튼을 누른다.

나는 홀어머니 밑에서 자랐다.

동네 아이들은 나를 귀신이 낳은 아들이라고 놀려대다가도 내가 한 발자국 다가가면 소리를 지르며 도망가버리곤 했다.

우리집 슬레이트 지붕 위에서는 늘 붉은 깃발과 흰 깃발이 소리없이 펄럭이고 있었다. 나는 신발주머니를 끌고 학교에서 돌아오면 조용히 부엌에 웅크리고 앉아 밥을 먹고 방 안의 손님이 나가기를 기다렸다. 이따금씩 깨진 곳을 누런 테이프로 붙여놓은 유리문 틈을 비집고 어머니의 호통소리가 들려올 때면 깜짝깜짝 놀라 어깨를 움츠렸다. 손님이 불안한 목소리로 어머니 가까이 다가가 애원하는 소리도 들려왔다. 그러면 어머니는 기다렸다는 듯 폐 안으로 깊이 숨을 들이마셔 내뱉고는 흥정을 하기 시작한다. 그리고 잠시 무겁고 두꺼운 침묵이 흘렀다.

떨렁떨렁떨렁……

방울 소리가 들려올 때면 나는 귀를 틀어막고 바깥으로 뛰쳐나갔다. 죽기보다 싫은 소리다. 쇠방울 여섯 개가 몸을 부딪치며 비명을 질렀다. 어머니는 상처 위로 소금을 뿌리듯 더 크게 쇠방울을 흔들며 무어라 중얼거렸다. 어머니의 중얼거리는 소리를 듣고 있으면 등골에 모래알 같은 소름이 돋았다. 땅거미가 어둑하게 질 때까지 동네의 골목길을 돌아다니다가 텅 빈 뱃속에 서늘한 바람이 고여들 때가 되어서야 집으로 돌아갔다.

방문을 열자 낫과 칼을 들고 있는 사람들이 무섭게 박힌 붉은 부채를 바닥에 펼쳐놓은 채로 잠든 어머니의 얼굴이 낯설게 느껴졌다. 시커멓게 눈꼬리를 높이 올려 칠하고 입술 위에는 새빨간 립스틱을 날카롭게 바른 얼굴…… 나는 부채와 어머니에게서 멀찍이 떨어져 구석자리에 웅크리고 앉았다. 밥솥은 비어 있는데 배가 몹시 고팠다.

국화는 하나도 버릴 것이 없는 식물이다. 봄에 나는 새싹은 나물로 먹고, 여름의 무성한 푸른 잎은 솎아서 떡에 넣어 먹거나 생즙을 마시기도 하며, 가을에는 만개한 꽃잎을 따서 술과 차로 마신다. 원한다면 바짝 말려서 잠자기 전에 베개나 이불 속에 넣어 기분 좋은 잠에 취할 수도 있다. 모 회사에서는 국화꽃을 스물대여섯 송이씩 봉지에 묶어 팔며 '아낌없이 주는 국화'라는 문구를 내걸기도 했었다.

내가 인사동의 외진 골목에 찻집을 내게 된 계기도 국화차에 매료된 때문이다. 자그마한 레코드가게를 할 생각으로 인사동 이곳저곳을 돌아다니다가 부동산 노인과 앉은 찻집에서 이 국화차를 마셨다. 그리고 며칠 후 고민 끝에 두 달 코스의 다도교실에 등록했다.

차 재배지를 견학하고 다구(茶具)를 고르는 것은 처음으로 내게 흥미로움이라는 것을 알려주었다. 무의미하게 허공을 떠다니던 나의 시선을 연꽃무늬의 사기주전자와 찻잎의 색깔과 구십 도로 물 온도를 조절하는 데 맞추었다.

"차 맛이 좋아요."

여고생들이 차를 호로록거리며 말한다. 항상 마시던 대나무차를 시킬까 국화차를 시킬까 망설였는데 역시 국화차를 선택하길 잘했다며 웃는다.

국화차는 특히 기침, 해열, 풍열, 감기 등에 효과적이다. 그러나 소화불량인 경우에는 삼가는 것이 좋다. 여느 꽃들과 마찬가지로 국화도 약간의 독성을 갖고 있기 때문이다.

모든 것은 어느 정도의 독성을 품고 있다. 여유 있는 존재는 자신의 독성을 굳이 드러낼 필요가 없겠지만, 그렇지 않은 것에게 독성이란 생명을 지탱할 수 있게 하는 유일한 무기이자 힘이다. 국화는 자신의 독성을 강한 향 안에 은밀히 숨기고 있다. 그렇기에 그 독성조차 아름답게 느껴진다. 국화차에서는 단맛을 느끼기가 쉽지 않기 때문에 원하는 사람들에게는 꿀을 한 스푼씩 타준다.

집에 모셔놓은 신단 때문에 밤잠을 설친 적이 많았다. 불상 아래 흔들거리던 촛불, 향을 잔뜩 꽂아놓은 향로며 벽에 걸려 있던 소름끼치는 그림들. 숨이 막힐 만큼 엄숙한 옷자락이 저승사자같이 오싹한 대감들과, 엉겅퀴 같은 수염을 기른 장군이 피 묻은 삼지창을 들고 있는 모습이 벽에 걸린 비단 위에 수놓아져 있었다. 그것들은 꿈속에 등장해 내게 칼을 휘두르고 목을 조였다. 특히 방 안에 들러붙어 있던 향불 냄새는 그 가느다란 연기로 관자놀이를 짓누르고 속을 메슥거리게 했다. 어머니는 새벽같이 일어나 불상 앞에 앉아 손을 비비며 중얼거리거나 한지 위에 붉은 경면주사로 부적을 그리곤 했다. 잠든 체하며 이불자락 위로 어머니를 흘끗거릴 때면 창백할 정도로 하얗게 분을 바른 얼굴 위에 정말 차가운 귀신이 달라붙어 있는 것 같았다.

하루는 같은 반 친구의 엄마가 찾아왔다. 바깥양반 일이 너무 안 된다며 먼지 섞인 걱정을 풀풀 털어놓더니 어머니의 무릎에 붙어 도와달라고 애걸을 했다.

나는 그쯤에서 방을 나와 공터로 걸음을 옮겼다. 어서 밤이 깊어지고 어둠의 장막이 지붕 위의 깃발을 덮어주었으면 좋겠다고 생각했다.

다음날 학교에서 그 녀석이 내게 덤벼들었다.

"뭐? 우리 아버지가 전생에 배곯아 어린애를 잡아먹은 거지였다고? 개 같은 소리, 너 이 새끼 오늘 나한테 죽는 줄 알어."

녀석이 내 가슴팍에 발을 날렸다. 나는 의자에서 나동그라진 채로 고개를 숙이고 있었다. 아이들이 우르르 몰려왔다. 쏟아지는 눈들과 녀석의 차돌 같은 주먹을 말없이 받아냈다. 녀석은 비웃음과 함께 손을 털고 옆에 서 있던 아이를 툭 치며 돌아섰다.

"그래도 주제는 아는 놈이네. 저도 지 엄마가 미친 걸 알긴 아나봐. 하핫."

교실 바닥에 구겨진 종이처럼 앉아 있던 나는 옆에 쓰러져 있는 의자를 짚고 일어섰다.

"야야, 저 자식……"

한 아이가 나를 가리키는 순간, 나는 높이 쳐든 의자를 녀석의 뒤통수에 내리쳤다. 비명도 지르지 못하고, 녀석이 널브러졌다.

어머니는 나를 바라보고만 있었다.

신단 위에 있던 석상을 바닥에 내던지고 향로를 걷어차고 천장에 목젖처럼 매달려 있던 연꽃등을 뜯어내는 나를 보며 아무 말도 하지 않았다.

벚나무로 만든 시계가 일곱시를 가리킨다.

창유리 위로 어스름한 하늘이 어리는 것을 보며 손님이 일어난 테이블을 정리한다. 분위기를 살리기 위해 나무테이블 구석에 켜 놓은 호롱불이 흔들린다. 벽 위에 손님들이 깨알같이 써놓은 낙서들을 보며 잠시 손을 멈추었다.

'오 년 뒤에 다 같이 이 자리에서 만나자. 2002. 01. 20.'

수성 사인펜으로 공들여 쓴 글씨.

오 년, 찹쌀로 백설기를 빚어 발효시킨 밑술에 말린 국화꽃을 넣어 숙성시킨 국화주를 오 년 마시면 여든 살 노인이 십대 소년처럼 젊어진다는 말이 있다. 나는 가게 구석에 국화주를 담가놓은 항아리를 흘끗 보며 행주로 테이블을 닦는다. 중양절에 국화주를 마시면 그해의 액을 피할 수 있다는 말이 있어 그날이 되면 손님들에게 한 잔씩 돌리기 위해 만든 것이다. 액이고 뭐고보다는 가게 이미지를 살리기 위한 일종의 서비스다.

개수대에 행주를 던지고 찻종을 헹구었다.

낙서를 남긴 이들은 오 년이라는 시간 동안 인사동 거리가 변하고 이 찻집이 없어질 수도 있다는 생각은 하지 않았을까.

주전자를 씻고 물에 불어 형태를 잃어버린 국화를 흘려 버린다.

다시 한번 시간을 확인하고 찻집 실내를 휘둘러보았다. 어머니가 왔을 때 내 삶에는 한 점의 구김도 없다는 것을 보이고 싶은 마음에, 나는 비뚤게 놓인 의자들을 반듯하게 집어넣고 다시금 벽에 걸어놓은 꽈리 위 먼지를 손끝으로 털어냈다.

어머니가 내림굿을 받을 때 나는 어렸다.

굿은 동네 근처 낮은 산에서 치러졌다. 어머니는 무당 앞에 죽은 듯 엎드려 있었다. 무당을 따라온 남자가 끈에 다리를 묶인 채 버둥거리던 돼지 목을 도끼로 내려쳤다. 나는 겨울의 앙상한 나무 뒤로 뒷걸음치며 돼지가 죽어가는 모습을 지켜보았다. 돼지의 목에서 검붉은 피가 콸콸 쏟아졌다. 다리가 후들거렸다. 음식과 죽은 돼지 앞에 무당이 주저앉아 북을 두드리기 시작했다. 어머니가 엎드린 채로 몸을 부르르 떨었다. 산을 울리는 북소리와, 어머니가 앓는 소리와, 낙엽과 돌멩이를 물들이는 돼지의 피비린내에 속이 울렁거렸다. 내림굿을 크게 하는 걸 보면 신이 내려도 아주 제대로 내렸나보네. 동네 사람들은 감탄하듯 수군거렸다. 신내린 지 얼마 안 된 사람이 더 점을 잘 친다는데 나도 한번 찾아봐야겠어. 앞치마를 두른 채 구경 나온 여자가 중얼거리는 순간 어머니가 비명을 지르며 발작증세를 보였다. 굿은 열두 시간이 넘게 계속되었고, 시간이 지날수록 어머니는 안정을 찾는 듯 고른 숨소리를 뱉었다. 나는 멍하니 돌멩이 위로 검게 말라붙은 돼지의 피를 내려다보았다.

내가 신단을 엎어놓은 날 밤, 어머니는 씻김굿을 나갔다.

죽은 영혼이 품고 있는 삶의 집착을 씻어준다는 씻김굿.

벽을 보고 누워 있는 내 등뒤로 어머니는 하얀 소복자락을 끌며 조용히 방문을 닫고 나갔다. 방바닥은 따뜻했지만 어쩐지 내 몸 안에서는 한기가 돌고 있는 것 같았다. 입술을 잘근잘근 씹으며 흘끗 뒤를 돌아보자 무신도 안의 별상애기씨가 나를 내려다보고 있었다. 나는 몸을 일으켜 앉아 온화한 미소의 별상애기씨에게 이제 그만 어머니의 신기를 거두어달라고 빌었다.

새벽녘, 지쳐 보이는 어머니가 돌아올 때까지 나는 잠들지 못하고 뒤척이고 있었다. 어머니는 들고 있던 무구들을 던져놓고는 방문턱에 앉아 담배에 불을 붙였다. 연기를 내뿜는 소리에 깊고 짙은 한숨이 어렴풋이 섞여 있는 것도 같았다. 어머니는 소주를 몇 잔 들이켜고는 옷도 갈아입지 않고 방바닥에 웅크린 채 잠이 들었다.

나는 덮고 있던 이불을 어머니에게 덮어줄까 말까 망설이다가 그만두었다.

삐그덕…… 낡은 나무 소리와 함께 문이 열린다. 흠칫 손을 멈추고 문가 쪽을 쳐다보았다. 빛바랜 쪽빛 한복을 입은 어머니가 서 있다. 나는 잠시 머뭇거리다가 문가로 나갔다. 갈색 앞치마 자락을 만지작거리다가 그 동안 찾아가지 않은 자격지심에 시선을 어머니의 치맛자락에만 떨어뜨린 채 입을 열었다.

"오셨어요……"

어머니는 시간을 훌쩍 뛰어넘은 듯 아무렇지 않게 고개를 끄덕이더니 가게 구석의 빈자리 쪽으로 걸음을 옮겼다. 재잘거리던 여고생들이 이쪽을 흘끗거리더니 가방을 들고 일어난다.

"그래, 너…… 잘 지내고는 있었구나."

어머니는 가게 안을 둘러보더니 낮은 목소리로 말했다.

그 목소리가 천천히 가슴을 감아쥐는 것 같아 테이블 위를 맴돌던 내 숨소리가 어색하게 비틀린다.

"차 내올게요."

딱딱한 공기를 깨뜨리고 엉거주춤 일어섰다.

오디오 안에서 비틀거리며 흘러나오고 있는 음악에 느릿한 현기증이 피어오른다.

고등학교 졸업식 날, 어머니가 오지 않기를 바랐다.

식이 끝나고 졸업장을 들고 서둘러 강당을 빠져나가는데 운동장 중앙에 서서 두리번거리는 어머니의 모습이 보였다. 급하게 뛰어왔는지 멀리서도 가쁜 숨이 느껴졌다.

어머니의 짙은 화장은 금세 사람들의 시선을 끌어모았다.

나는 졸업장을 접어 주머니에 넣고 빠른 걸음으로 학교 후문을 빠져나왔다.

집으로 달려오자마자 짐을 쌌다. 옷가지들을 가방에 쑤셔넣고 도망치듯 방을 나왔다. 집을 나온 생활은 맨발로 자갈밭을 걷는 것 같았다.

그래도 후회는 없었다.

어머니는 저고리 안에서 하얀 봉투를 꺼내 내민다.

"이게 뭐예요?"

경계하는 눈빛으로 하얀 봉투를 끌어당겼다. 부적, 누런 괴황지의 얇은 감촉이 느껴졌다. 쓴 향불 냄새가 꿈틀거리며 피어오르는 것 같다.

"이제 제발 그만 좀 해요! 지겹지도 않아요? 아직도……"

"받아둬!"

어머니의 단단한 말투에 속이 뒤집힌다. 나는 봉투를 집은 채로 어머니의 앙다문 입을 노려보았다. 날카로운 입술선의 끝이 따끔하게 눈에 박힌다.

"다시 한번 말하는데, 이런 거 가져오지 말아요."

나는 봉투를 두 번 찢어, 테이블 위에 던졌다. 가슴속에 커다란 돌멩이가 꽉 찬 듯 답답하다.

막 들어온 손님들이 손을 들어 메뉴판을 부탁했다.

손님들에게 차를 내주고 빈 쟁반을 들고 돌아서는데 어머니가 문가에서 옷매무새를 다듬고 있었다.

"주무시고…… 내려가시지요……"

어머니가 문을 열자 서늘한 바람이 순식간에 덤벼들어 온몸을 훑는다.

"내일모레 큰굿이 있어서 가봐야겠다. 나오지 마라."

나는 문의 손잡이를 잡은 채 어머니의 뒷모습을 물끄러미 바라
본다.

어머니의 빛바랜 쪽빛 치맛자락이 가로등 불빛과 밤바람에 휘
날리며 천천히 멀어졌다.

전화벨이 울렸을 때, 나는 발뒤꿈치를 들어 가게 문을 잠그고
있었다. 전화를 받을까 말까 망설이다가 가게 안에 휴대폰을 두
고 나온 것이 생각나 도로 문을 열고 들어갔다.

"여보세요."

"정인이냐?"

"아, 이모님, 웬일이세요?"

"너희 엄마…… 쓰러졌어. 너 지금 내려올 수 있지?"

막차 고속버스를 타고 달린다. 창밖은 밤의 그림자로 칠흑같이
어둡다. 검은 선글라스를 낀 운전사의 어깨가 축 늘어져 핸들을
돌리는 손이 어쩐지 지쳐 보인다. 차가운 차창에 관자놀이를 지
그시 붙이고 눈을 감았다. 차가 덜컹거릴 때마다 머릿속에 맴돌
던 생각들이 부서져 흩어진다.

어머니는 엊그제 굿을 하다가 갑자기 쓰러지셨다고 했다.

어머니는 병실 구석 쪽 침대에 누워 있었다. 보호자 없이 누워 있는 사람은 어머니뿐이었다. 헛기침을 하고 침대 모서리께로 다가갔다.

"어머니가 모시는 별상애기씨는 자기 사제자의 몸 하나 지켜 주지 못하나보죠?"

어머니는 나를 물끄러미 올려다보다가 쓴웃음을 짓는다.

의자를 끌어당겨 앉았다. 어색한 침묵이 무겁게 공기를 누른다.

"그래, 의사가 뭐라고 하던가요?"

어머니는 대답이 없었다. 간호원이 와서 빈 링거병을 거둬갔다.

"내일 아침에 굿이 있다. 나가봐야 해."

침대에 몸을 깊숙이 묻은 어머니가 왼쪽 팔을 이마 위에 얹은 채 중얼거린다. 보리 빛깔의 주름진 피부에 저승꽃이 틈 없이 번져 있었다.

"제발 그만."

"마지막 굿이다."

어머니의 목소리에 힘이 들어갔다. 나는 순간적으로 어깨의 힘이 맥없이 풀리는 것을 느끼며 시선마저 풀리지 않도록 어머니를 뚫어져라 쳐다보았다.

"무슨 말이에요?"

"내 생에 마지막 굿이다. 별상애기씨가 이제 그만 나를 데려가시려나보다."

아무래도 담당의사를 만나봐야 할 것 같다는 생각에 의자에서 일어나는데 어머니가 손을 뻗쳐 무언가를 내 주머니에 찔러넣는다. 하얀 봉투다. 욱하고 치밀어오르는 감정에 무슨 말인가 하려는데 어머니는 서둘러 말을 잇는다.

"너 이제 삼재잖아……"

의사는 화이트보드에 그림까지 그려가며 어머니의 병을 설명했다. 나는 말없이 듣고만 있었다. 목이 쩍쩍 갈라지는 듯한 갈증을 느낀다.

지저분한 흰 가운을 입은 그가 한 말 중에 기억에 남는 말은 힘들 것 같다는 한마디뿐이었다.

병원의 정원으로 도망치듯 나와 깊은숨을 들이마신다. 차가운 밤공기가 폐 안에 고여 따끔따끔한 통증을 남긴다.

내림굿은 아침 여덟시에 시작되었다.

공작 깃의 모(毛)를 부착하고 패영(貝纓)을 단 주립을 머리에 쓴 어머니의 뒤를 따라 신병을 앓는 젊은 여자와 사람들 무리가 산에 올랐다.

나는 여자의 헝클어진 머리와 바짝 야윈 몸, 자해한 듯한 팔뚝과 얼굴의 상처를 바라본다. 시커먼 작둣날과 무구들이 어머니와 여자의 옆에 놓였다.

어머니는 산신을 부르는 듯 손을 모은 채 천천히 몸을 움직였다. 나이든 고수가 북을 들고 어머니 뒤쪽에 앉는다.

둥두두둥 둥두두둥둥 둥두둥…… 북소리가 산을 울렸다.

마른 나뭇가지 사이로 불어온 바람이 어머니의 쪽빛 쾌자 자락을 날린다.

어머니의 팔이 거칠게 허공을 휘저었다. 어머니는 발끝으로 땅을 디딘 채 자리를 돌고 돌며 입술을 달싹인다. 공중으로 튀어오르려는 듯, 발끝의 힘이 맵게 땅을 박찬다.

"아아아악!"

여자가 비명을 지르며 널브러진다.

어머니는 꽉 묶어올렸던 머리카락이 흘러나와 흩날리도록 팔을 휘저으며 뛴다. 펄떡펄떡 뛰어오를 때마다 옷자락에 큰 물결이 일었다. 누가 어머니 귀에 대고 무슨 말인가 속삭이기라도 하는지 때로는 고개를 세차게 끄덕이고는 머리를 있는 대로 젖혀 하늘을 올려다보며 춤을 춘다. 어머니가 작은 상 앞에 놓여 있는 정종 병을 낚아채더니 잔에 따라 하늘을 향해 서너 번 휘익 뿌린다. 타다닥…… 흙바닥에 얼룩진 술자국을 보며 나는 굳은 침을 삼킨다. 어머니는 술자국 난 흙을 신 끝으로 짓누르며 몸을 흔들었다.

여자가 좁쌀로 지은 허튼밥을 바구니에 담아 머리에 인다. 여자는 머리에 바구니를 인 채로 어깨를 덩실거린다. 어머니는 처음엔 천천히, 북소리에 맞춰 몸짓을 하다가 곧 거칠게, 어깨를 들썩이며 자리를 돌기 시작했다. 타악! 여자가 뒤로 던진 바구니가 엎어졌다. 어머니가 바구니에 허튼밥을 한 바가지 더 퍼준다. 여자는 다시 바구니를 머리에 이고 춤을 춘다.

어머니의 동작이 아까보다 날렵해졌다. 백지장처럼 하얗고 까치 꼬리처럼 날카롭던 어머니의 눈매.

타악! 바구니가 다시 엎어지고 어머니는 허튼밥을 한 바가지 더 펐다. 여자는 다시 바구니를 들쳐 인다. 어머니의 눈이 하얗게 번뜩인다.

타악! 나는 입술을 질끈 물었다. 바구니가 아슬하게 흔들리더니 제자리를 잡고 바로 떨어진다. 사람들의 감탄이 낮은 숨소리가 되어 느껴졌다.

어머니는 추운 날에 새하얀 입김 한 번 뱉어내지 않고 힘 있게 무구를 잡는다. 왼손에는 방울을, 오른손에는 부채를 펴들자 북소리가 더 크고 빠르게 울리기 시작했다. 어머니는 옷자락을 날리며 타오르는 불길처럼 춤을 춘다.

아침에 일어나보면 언제나 잘 다려진 **빳빳한** 바지와 윗도리가 따뜻한 아랫목에 놓여 있었다. 추운 겨울날 데워진 옷을 입고 학교를 향하는 길에 바지 주머니에 넣어져 있는 돈 몇 푼을 발견하곤 했다. 나는 그것으로 삶은 계란을 사서 나를 놀리던 친구들에게 나눠주었다. 생일이면 새 양말이나 운동화가 머리맡에 놓여 있었고, 책가방 안에는 데워진 우유병이 들어 있었다. 아이들은 새 운동화를 구경하고 우유를 얻어 마시려고 그날만큼은 나를 친절히 대해주었다.

사람들 대부분이 산을 내려갔다. 해가 시뻘겋게 하늘 허리춤에 떠 있다. 어머니는 지치는 기색도 전혀 없이 춤을 추고 부채와 삼지창을 번갈아 집어 휘두르고 공수를 읊는다. 여자가 거품을 물며 엉성하게 묶었던 머리를 풀어헤친다. 쾌자의 홍색 안자락이 펄럭인다. 어머니는 발끝으로 가뿐가뿐 튀어오른다. 그 발짓이 가볍게 가슴에 닿았다 뜨는 듯했다. 으스러질 듯 아프게 밟아도 되니 제발 가슴에서 떠나지만 말아주었으면 싶은 발짓이다.

쾅— 징소리와 함께 해가 터진 듯 붉은 노을이 사방으로 흩어지기 시작했다.

여자가 홱 고개를 들더니 신발을 벗어던지고 충혈된 눈으로 산을 헤집기 시작한다. 손끝을 바르르 떨던 여자는 커다란 바위 아래로 가더니 엎드려 손가락을 오그리고 땅을 판다.

어머니는 뚫어져라 여자를 쳐다본다. 눈에 남은 신기를 모두

발산하려는 듯, 어머니의 눈가도 벌겋다. 떨렁떨렁떨렁…… 여자가 흙 묻은 방울을 높이 쳐들어 흔든다.

어머니는 삼지창을 휘두르고 어깨를 덩실거리며 신명을 읊기 시작했다. 여자가 어머니 앞으로 다가와 무릎을 꿇는다. 어머니가 들고 있던 삼지창을 던졌다. 나는 굳은 침을 삼킨다.

여자의 손에 어머니가 넘긴 삼지창이 들려 있었다. 여자는 풀어헤친 머리를 도로 올려묶고 두 손에 무구를 쥐고는 작두 쪽으로 몸을 돌린다. 어머니는 잠시 동작을 멈추었다가 여자가 작두 위로 맨발을 내딛자 고래고래 악을 쓰며 춤을 추기 시작했다. 이제 막 신에 들린 사람처럼 하늘이 어둡게 식어갈 때까지, 여자가 후들거리는 발바닥으로 작두를 디딜 때까지 어머니는 멈추지 않고 춤을 추었다. 고수가 북채를 내려놓고 어머니의 팔을 잡았지만 어머니는 손을 거칠게 뿌리치고 미친 듯이 춤을 춘다.

풀썩.

"무녀님!"

여자가 작두 위에서 완전히 중심을 잡고 방울을 흔들기가 무섭게 어머니는 어둠에 축축하게 젖은 흙 위로 쓰러졌다.

어머니를 들쳐업었다. 몸이 마른 국화꽃처럼 가볍다. 가슴이 뜨거워진다. 부축하겠다는 사람들을 뒤로한 채 어머니를 고쳐업고 비틀거리며 산길을 내려온다. 하얗게 분을 바른 어머니의 주름지고 언 뺨이 목 언저리에 쓰라리게 닿는다. 입술을 물고 나뭇가지들이 부러지는 소리를 들으며 천천히 산길을 내려오다가 나는 문득, 뒤를 돌아보았다.

멀리 떨어진 곳에서 까치머리를 한 꾀죄죄한 꼬마가 코를 훌쩍이며 나무껍질을 움켜쥐고 숨어 있는 모습이, 국화차 위로 피어오르는 연기처럼 씁쓸하게 번졌다가 서서히 사라지고 있었다.

찻잔에는 연꽃무늬가 새겨져 있다. 처녀 속살처럼 부드러워 보이는 분홍 꽃잎이 겹겹이 붙은 채로 조심스럽게 봉오리를 펼친 모양새다. 넓고 속이 깊은 찻잔 안에서 말라비틀어진 차 이파리 몇 개가 잠자리 날개처럼 몸을 풀고 떠오른다. 명희는 사과잼이 발린 쿠키를 내놓는다. 요새 아파트 여자들과 팀을 이루어 쿠킹 강좌를 듣는다고 한다. 허기진 속에서 물이 괴는 듯한 소리가 들리지 않도록 조심스럽게 자세를 바꿔앉으며 쿠키 한 개를 집어든다. 쿠키는 매우 달다. 명희의 어린 아들은 간식거리가 웬만큼 달지 않으면 입에 대지도 않는다고 한다. 입 안은 금세 건조해진다. 나는 속이 따가울 만큼 진한 오렌지 농축액 주스를 마시고는 옆에 두었던 가방을 끌어당긴다. 죽은 하마의 시체처럼 묵직한 가방의 지퍼를 열고 몇 권의 책과 비디오를 꺼낸다. 우주의 신비, 거북의 일생, 나비의 비밀. 과학전집 중 표지 디자인이 가장 잘된 것들을 늘어놓는다. 비디오 한 개마다 책 세 권치 다큐멘터리 영상이 들어 있어서 애들이 이해하기 쉽게 해놨더라, 사진도 얼마나 예쁘고 선명하니. 우리 애도 신기하다면서 몇 번을 봤는지 몰라. 나는 마치 함께 쇼핑을 하러 나온 친구에게 잘 어울리는 옷을 권하듯, 과학전집의 책장을 생경한 것 만지듯 넘겨 보이며 설명한다. 빳빳하고 윤기 흐르는 책장에서 일부러 시선을 떼지 않는다. 책장에 인쇄된 것은 크레이터 자국으로 표면이 파인 행성 사진이다. 여고 시절부터 제 감정을 잘 숨기지 못했던 명희의 얼굴은 보나마나 뻔할 것이다. 애, 화장실이 저기니? 나는 명희와 눈을 마주치지 않은 채 일어나 호들갑을 떨며 화장실로 향한다. 책장을 펼쳐놓아두는 것을 잊지 않았다. 명희를 만난 것은 지난 여고 동창회를 마지막으로 삼 년 만이다. 펀드매니저라는 명희의 남편은 나도 잘 안다. 삼 년 사이에 아파트 평수를 넓히고, 홈시어터에, 와인을 좋아한다고 작은 홈바까지 얻은 명희의 삶에는 갓 지은 쌀밥의 따뜻한 온기와 반드르르한 윤기가 돈다. 거품을 잔뜩 내어 손을 깨끗이 씻고 나오며 거실 벽에 걸린 가족사진을 본다. 애, 넌 어째 갈수록 젊어지니. 내 말에 명희는 가볍게 눈을 흘기며 웃는다. 마흔다섯 권짜리 과학전집과 열다섯 개의 과학

테이프를 일시불로 지불한 명희는 뭐 더 없느냐고 묻는다. 나는 샘플들을 다시 가방에 집어넣으며 민망한 듯 웃는다. 주스를 마저 들이켜고 명희에게 묻는다. 너 혹시 보험 든 건 있어?

　딸애는 된장국의 두부를 건져올린다. 두부는 밥그릇에 못 미치고 상 위에 떨어진다. 딸애가 내 눈치를 살피더니 황급히 두부를 수저에 옮겨 밥그릇으로 가져간다. 통조림에서 꺼낸 꽁치토막을 발라 입에 넣으면서도 내 손을 곁눈질한다. 제 젓가락이 내 젓가락에 얽히지 않도록 내가 집는 반찬그릇을 피해 반찬을 집는다. 컵에 손을 뻗다가 나와 손끝이 닿자 소스라치며 물러난다. 잔뜩 겁먹은 눈이 나를 바라본다. 화약이 터지듯 일순간에 열이 오른다. 나는 딸애를 노려본다. 딸애는 위험을 감지한 듯 발가락을 오그리며 슬그머니 뒤로 물러난다. 일곱 살인 딸애는 체구가 큰 편이다. 유난히 골격이 우람했던 남편을 닮은 것이다. 내가 눈치 보면서 밥 먹지 말랬지? 몇 번 말해야 알아들어먹니? 왜 병신처럼 그렇게 눈치를 보면서 밥을 먹어? 목을 움츠리는 딸애의 볼을 손으로 움켜쥐고 흔들어댄다. 출렁거리는 살집이 딸애의 얼굴을 더욱 미련해 보이게 한다. 볼살에 붉은 자국이 남은 얼굴을 방바닥에 내팽개친다. 엄마 말이 말 같지 않아? 꼭 맞아야 사람 말을 들어? 나는 거실 바닥에 놓여 있는 딸애의 리코더를 집어든다. 딸애가 얼굴을 일그러뜨리더니 악을 쓰며 울어대기 시작한다. 두려움과 분노가 섞인 울음소리는 내 속에 잠들어 있던 작은 세포들을 터뜨리며 더욱 날카로운 열을 뻗치게 한다. 딸애의 몸뚱이를 사정없이 내리친다. 딸애는 구석을 향해 기어가더니 보이지 않는 껍질 속으로 달팽이처럼 몸을 둥글게 만다. 조립된 리코더의 반토막이 날아가고 딸애의 입술이 터져 작은 핏줄기가 흘러내린다. 그제야 속에 일었던 불바람이 한풀 가라앉는다. 나는 리코더를 팽개치고 숨을 고른다. 발뒤꿈치에서부터 뒤통수까지 뻐근한 피로가 올라온다.

이번 달 실적은 나쁘지 않다. 자존심을 수수깡처럼 꺾어버리고 남편의 친구들을 찾아가길 잘했다. 너무 청승맞게 보이거나 집요하게 굴어 지레 물러나게끔 만들지 않으며 영수증에 사인하게 하는 데에도 능숙해졌다. 처음에는 무턱대고 남편의 친구 중 한 명을 찾아갔다가 세 차례나 술자리를 갖고 그의 신세한탄을 들어줘야 했다. 마지막에는 여관 앞에서 손을 잡아끄는 것을 간신히 뿌리치고 돌아왔다. 물론 책과 비디오는 팔지 못했다. 그러나 이번 달 들어 적당한 동정표를 얻어 팔아낸 건수만 해도 세 건이 넘는다. 어차피 볼 일 없는 얼굴들인 바에야 머릿수대로 현금계산 해보라던 팀장의 말을 듣길 잘했다. 두 달 전부터는 팀장 몰래 보험

세일즈도 겸하고 있다. 남편에겐 친구가 많았다. 이혼수속을 마친 뒤 함께 일본으로 떠난 여자도 처음에는 동성친구 못지않은 죽마고우라고 소개받았다.

콧잔등과 인중의 기름기를 눌러닦고 파우더를 두드린다. 마스카라와 립스틱을 덧바르고 눈가에 아이섀도를 문지른다. 파운데이션의 두께는 내가 느끼는 보호막의 안정성과 비례한다.

벨을 누른다. 인터폰이 작동하기도 전에 현관문의 잠금장치가 열리더니, 작고 뚱뚱한 남자아이가 튀어나온다. 아이와 맞부딪치는 순간 안경 모서리가 가슴팍을 찌른다. 날카로운 통증이 화살처럼 관통한다. 오마이갓, 아임쏘리. 아이는 안경을 벗어들고 눈가를 문지르며 내게 말한다. 뒤에서 이 미터는 족히 됨 직한 백인이 뒤따라나오며 아이를 살핀다. 명희는 엘리베이터 문이 열릴 때까지 현관문 앞에 서서 아이와 과외교사를 배웅한다. 아이는 일주일에 한 번씩 과외를 해주는 외국인을 따라 야외수업을 받는다고 한다. 딸애와 동갑인데 생일이 빨라 올해 초등학교에 입학했다.

명희는 보험 팸플릿을 유심히 들여다본다. 다른 이의 부탁으로 가입해둔 보험이 두 개라고 한다. 우리 그이가 인정이 많은 편이야. 네 사정 이야기하니까 하나 들어주라고 하더라구. 그리고 사무실로 한번 들르래. 자기도 뭐 하나 들어준다고. 근데 난 보험 같은 거 들 때마다 기분이 좀 묘하다? 팔 부러진 데 얼마 다리 부러진 데 얼마 하면, 꼭 언제 닥칠지 모르는 내 불행에 값을 매기는 기분이 든단 말야. 볼펜을 반듯하게 쥐고 계약서에 사인하는 명희의 손을 보며 희고 보드라운 식빵에 번지는 곰팡이를 떠올린다. 명희는 잠깐 손을 멈추더니 문득 생각났다는 듯 말한다. 너 혹시 이번 주말에 바쁘니? 우리 애 생일잔치 하는데 내가 만들 줄 아는 한식이 있어야지. 친구애들 엄마도 모이는데 죄다 빵이랑 과자만 차려놓을 수도 없고. 너 요리솜씨 알아줬잖아.

집 앞에서 기다리고 있던 주인집 여자가 개를 안고 다가온다. 개는 이마 위에 난 털을 리본으로 묶어올리고 귀를 핑크빛으로 염색했다. 고무슬리퍼 밖으로 보이는 주인여자의 페디큐어 색상도 핑크빛이다. 여자는 전세금이 올랐다는 말을 전한다. 엊그제 집주인 남자로부터 이미 전해들은 이야기다. 주인남자는 내가 곤란해하는 기색을 보이자 전세금 납부기한을 미루어주었다. 나는 여자의 품에 안긴 개의 턱을 간질여준다. 어쩜 이렇게 예쁠까. 주인여자는 못 들은 체 개를 제 품안으로 더욱 밀착시키며 제 남편의 우유부단함을 헐뜯는다. 애초에 정했던 기한에 맞춰 돈을 마련해달라는 주인여자의 말에 애매한 표정을 지으며 집으로 들어온다. 돈에 환장한 년, 천장에서 빗물이 시도 때도 없이 노망든 노인네 오줌 싸듯 질질 흘러대는데 전세금을 올려먹어? 제 남편 욕해대는 꼴 보니 남편을 개만도 못하게 여기는 것 같더만, 평생 개 밑구멍이나 닦을 돼지 같은 여편네. 기억할 수 있는 최대한의 욕을 씹어뱉으며 스타킹을 벗는다. 스타킹의 밴드 부분이 닿았던 살갗에 화석처럼 울퉁불퉁한 자국이 패었다. 방에 있던 딸애가 조심스럽게 고개를 내밀고 인사하더니 도로 문을 닫는다. 나는 뻣뻣한 윗도리를 벗어던지고 바닥에 드러눕는다.

벽에는 까마귀의 사진이 붙어 있다. 언젠가 딸애가 나 몰래 과학전집 샘플에서 오려낸 사진이다. 그날 저녁 딸애는 팔뚝을 세바늘 꿰맸다. 굳은살이 박인 복사뼈는 자두만한 크기로 부어올랐다. 나는 서서히 딸애를 향한 폭력에 중독되어가고 있었다. 처음에는 딸애가 이상적인 방향으로 성장하길 바라는 마음에서 매를 들었다. 그러나 얇고 가느다란 회초리는 이내 주먹으로 바뀌었고, 때에 따라선 굽이 닳은 구두나 머리빗이 되기도 했다. 머리빗으로 뺨을 얻어맞고, 라면을 끓여먹고 치워두지 않은 냄비 뚜껑에 발등을 찍힌 딸애는 두려움을 향한 본능만을 남긴 작은 짐승이 되어갔다. 엄마가 다 널 위해서 이러는 거야. 나는 열이 식을 때쯤 딸애를 향해 중얼거리곤 한다. 딸애의 비명이 높아질수록 감정과 이성은 무중력상태에 빠져든다.

까마귀는 길고 가느다란 나뭇가지 위에 앉아 있다. 몸통과 부리, 눈알, 발톱이 모두 검은색이지만 제각기 다른 어둠의 농도를 띤다. 굽은 부리는 날카롭고 두껍다. 죽은 동물의 내장을 파헤치거나 쓰레기더미를 뒤지고, 구정물에서 목욕하는 까마귀의 몸뚱이는 수십 가지의 색을 삼킨 검은빛이다. 햇빛의 각도에 따라, 검은 깃털에 스며 있던 유령들이 저마다 다른 빛깔로 비명을 내지른다.

남편은 방 두 개짜리 전셋집과 딸애를 남기며 자신의 모든 것을 내게 두고 간다고 말했다.

미안해, 그 여자 없이는 내 존재감조차 느낄 수가 없어. 남편이 말했을 때 나를 고통스럽게 만든 것은, 그가 아침식탁 앞에 앉기 불과 오 분 전까지만 해도 전혀 의심하지 못했을 만큼 평화로웠던 일상이었다.

명희가 내게도 고깔모자를 씌워준다. 해피버스데이투유, 라고 적힌 고깔 끝에는 반짝이가 달려 있다. 치즈떡볶이와 김밥 같은 분식들을 비롯해 갈비찜과 해물꼬치, 고기완자 등이 거실 가운데에 뷔페 식으로 놓인다. 미리 만들어두었던 대형 생크림케이크 위에는 명희 아들의 사진이 새겨진 얇고 편편한 초콜릿이 꽂혀 있다. 한시 정각에 가까워지자 엄마 손을 잡은 아이들이 제 몸집보다 커다란 선물을 하나씩 안고 찾아온다. 천장에 띄워놓은 헬륨풍선의 기다란 끈이 성가시게 얼굴에 와 닿는다. 요란한 생일 축하노래가 끝나고 모두들 줄을 서서 음식을 골라 담는다. 사진이 박힌 초콜릿도 조각내어 나누어 먹는다. 나는 야구글러브를 낀 아이의 손 부분을 녹여먹는다.

생일상을 치우고 난 뒤 아이들은 놀이방으로 몰려가고, 엄마들은 거실에 앉아 티타임을 갖는다. 나는 양념이 진득하게 남은 식기들을 물로 헹구어 식기세척기 안에 넣는다. 명회는 과일과 쿠키를 내가며, 일은 나중에 하고 나와서 좀 쉬라고 말한다.

"내년에 큰애가 대학 다니는 시애틀 쪽으로 보내려고. 막내라 그런지 혼자 어딜 보내면 안심이 안 돼서 말이지."

거실에서 들려오는 말소리에 명회는 재빨리 준비해둔 간식접시를 들고 나가며 대화 속에 끼어든다. 우리 아들은 호주로 보낼 생각인데. 아무렴 유학 명소가 달리 유학 명소겠어? 사실 애 아빠만 허락하면 나도 같이 가고 싶어. 개수대 바닥에 덩어리진 케이크 크림이 비계처럼 둥둥 떠다닌다. 과일껍질 때문에 하수구가 막힌 듯하다. 부엌 창문을 통해 들어온 찬바람이 손목에 스친다. 딸애 몫으로 덜어놓은 음식들을 쿠킹포일에 싼다. 초인종이 울리자, 거실에 모여 있던 여자들이 호들갑을 떨며 자리에서 일어난

다. 꽃다발과 금박지로 포장된 선물상자를 껴안은 명희의 남편이
들어선다. 백합과 분홍 장미가 어우러진 풍성한 꽃다발은 명희
몫일 것이다. 명희는 방금 전에 랩을 싸서 냉장고에 넣어두었던
음식들을 도로 꺼낸다. 나는 촛농 같은 기름이 떠 있는 미역국을
다시 데우고 그릇들을 차례로 전자레인지에 돌린다. 명희 남편은
천천히, 오랫동안 식사를 한다. 그는 옆자리에 앉아 쉴새없이 대
화를 시도하는 아내에게 간간이 웃음으로 대꾸한다. 슬그머니 자
리를 피하던 나는 그의 눈빛이 이곳 아닌 다른 시공간을 향해 출
렁거리는 것을 본다. 영업을 하기 위해 사람들을 마주하며 발달
한 것이, 상대방의 표정과 어감만으로도 현재 기분과 생각을 감
지할 수 있는 본능이다.

엘리베이터에 올라타 휴대폰을 꺼낸다. 전화번호 목록을 훑어
내려가며, 발가락 한 개라도 디딜 만한 여유가 보이는 틈새는 가
차없이 파고들어간다. 이번 달도 일주일밖에 남지 않았다. 적어
도 두 건 이상의 보험을 성사시켜야 그나마 봐줄 만한 실적이 나
올 것이다.

딸애는 내복 차림으로 슬리퍼를 끌고 마당에 나간다. 주인집의
열린 현관문 틈으로 개가 뛰쳐나간 모양이다. 메리, 메리! 개를
뒤따라 나온 주인여자의 둔탁한 발소리가 들려온다. 몸이 노곤한

날은 잇몸부터 저려온다. 딸애가 먹다 남긴 닭튀김 부스러기가 방바닥 곳곳에 널려 있다. 딸애가 열어놓은 현관문으로 찬바람이 아귀떼처럼 몰려들어온다. 오늘은 화를 내거나 머리칼을 잡아뜯을 힘이 없다. 외투 주머니에서 낮에 받은 명희 남편의 명함을 꺼낸다. 최, 병, 일. 반듯하게 찍힌 이름 아래 펀드매니저라는 직업명이 영자로 박혀 있다. 오마이갓, 아임쏘리를 뱉어내던 명희의 아들이 떠오른다. 딸애는 알파벳이나 읽을 줄 알까. 여섯 살 때 반 년 정도 유치원을 다니다 그만둔 뒤로 지금까지 줄곧 집에서만 지내왔다. 요즘은 한글은 물론이요 사칙계산과 기본 생활영어 정도는 다들 배우고 입학한다던데. 교실 뒷자리에 비석처럼 앉아 있을 딸애의 모습을 떠올려보던 나는 곧 진저리치듯 머리를 흔든다.

딸애를 낳은 것은 봄이었다. 퇴원을 하며 둘러본 병원의 담장에는 개나리덤불이 병원 안팎으로 쏟아지듯 드리워져 꽃을 피워내고 있었다. 젖몸살을 심하게 앓았다. 아이를 낳고는 한동안 냉이며 쑥 등을 날로 버무린 봄나물과 도토리묵만 반찬 삼아 먹었다. 갓난아이에게서 나는 젖내도 달고, 촉촉한 나물반찬만 씹는 내 입내도 달았다. 가장 행복한 순간은 고무함지박에 더운물을 받아놓고 남편과 함께 아이를 목욕시키는 시간이었다. 따뜻하고 여린 살갗을 조심스럽게 씻어내고 있노라면 평생 아무것도 먹지 않아도 포만감 속에 살아갈 수 있을 것 같았다. 딸애의 이름을 짓기까지 보름 남짓 걸렸다. 작명소에서 지어준 이름들은 어딘가 한구석이 부족한 느낌을 지울 수 없었다. 결국 남편과 내가 밤새워 지은 한글 이름으로 동사무소에 등록했다. 잠든 아이를 가운데 두고 누워 밤새 글자들을 조합하던 설렘을 어떻게 잊을 수 있을까. 유리문 밖으로 뜬 달을 바라보며 서로가 알고 있는 말들 중 좋은 뜻을 지닌 단어만을 골라 무수히 주고받았다. 그러다가 재미있는 낱말이 떠오르기라도 하면 아이가 깨지 않도록 서로 눈빛만 교환하며 소리 죽여 웃었다. 달착지근하던 봄밤의 한 자락 속에서 어느 틈엔가 노곤하게 눈이 감기던 잠자리는 따뜻했다.

건물 로비는 부산스럽다. 건물 내 커피숍에서 뿜어져나오는 은은한 원두커피 향기가 그 부산스러움조차 고급스러워 보이게 한다. 가방을 고쳐메고 구층으로 올라간다. 명희 남편의 사무실은 복도 끝쪽이었다. 통화중이던 그는 수화기를 내려놓고 사무실 정반대편의 휴게실로 나를 데려간다. 종이커피에서 휘청거리며 솟아오르는 부연 김 너머 그가 보험 팸플릿을 읽는다. 읽는다기보다는 시선을 걸쳐둔 것에 가깝다. 무어라고 입을 열려던 그는 이내 잠자코 펜 뚜껑을 연다. 혹시 주변에 보험 찾으시는 분들 있으면 연락 주세요, 꼭. 나는 콧잔등에 주름을 지어 보이며 말한다.

그는 계약서를 작성해내려가기 시작한다. 이름을 갈겨넣은 서명까지 마친 뒤 점을 찍는 시늉을 하고는 종이를 내 앞으로 밀어놓는다.

"식사 안 하셨죠? 점심은 제가 살게요."

나는 종이를 파일에 끼우며 말한다. 그는 콧잔등을 지그시 누르며 사무실 쪽으로 돌아선다. 잠시 후 외투를 들고 나온 그와 함께 엘리베이터에 오른다.

중국집은 넓고 깨끗하다. 흰 유니폼을 입은 종업원이 다가와 납작한 잔에 차를 따라준다. 한참 동안 메뉴판을 들여다보던 나는 해물짬뽕을 주문한다. 그는 메뉴판을 펼치지도 않은 채 새우볶음밥을 시킨다. 식사 내내 대화는 거의 오가지 않는다. 그는 앞자리에 사람이 앉아 있음에도 혼자 밥을 먹는 것처럼 보인다.

"여고 시절에 어쩌다 같이 중국집 가면, 명희는 절대 자장면 안 먹었어요."

내가 말한다. 그는 그제야 내 존재를 인식한다는 듯, 얼굴을 든다.

명희는 자신의 이상향으로 삼았던 여자 교생이 자장면을 먹고 난 뒤 검게 얼룩진 입으로 웃는 모습을 본 뒤로는 절대 자장면을 먹지 않았다. 파리 잡는 끈끈이가 천장에 소 혓바닥처럼 늘어져 있고, 플라스틱 물컵과 수저에 고춧가루가 붙어 있는 중국집의 분위기를 원래도 싫어하는 편이었다. 낡고 지저분한 가게일수록 유난히 음식 맛이 좋다고 생각하는 나와는 취향이 달랐다.

"하긴, 주변에 식당 자체가 별로 없었어요. 학교가 변두리에 있었거든요. 명희에게 들으셨죠?"

그는 고개를 젓는다.

"동아리 얘긴 들으셨어요? 명희네 등산 동아리에서 매운탕 먹으러 갔을 때 일."

그는 볶음밥을 한 수저 뜨며 아니요, 대답한다. 종업원이 다가와 그와 내 앞에 놓인 빈 잔에 차를 따른다.

딸애가 보이지 않는다. 주인집 여자는 메리가 사라졌다고 눈물범벅이 되어 우리집 문을 두드린다. 남의 딸이 사라진 마당에 개새끼를 찾아 오열하는 모습을 보자 뺨이라도 한 대 갈겨주고 싶었으나, 우는 꼴이 너무 흉측하여 문부터 닫아버린다. 기집애, 들어오기만 해봐라. 나는 이를 갈며 상 위에 놓인 딸애의 밥그릇을 집어던진다. 스테인리스 밥그릇이 냉장고에 부딪히며 식은밥 덩어리를 토해낸다.

골목으로 나오자 어둠이 차진 감촉으로 온몸에 감겨온다. 목구멍을 비집고 올라온 딸애의 이름이 시멘트 바닥 곳곳에 부딪혀 부서진다. 예전에도 한번 이런 적이 있었다. 그땐 동네 친구아이의 집에서 깜빡 잠이 드는 바람에 늦었다고 했다. 나는 딸애와 친한 동네 아이들을 잘 모른다. 여덟시가 다 되어간다. 집으로 발걸음을 돌리려는 찰나 주머니에서 진동이 느껴진다. 액정 위에 명회 남편의 번호가 뜬다. 계약서를 작성한 당일에 취소를 하는 이들이 종종 있다. 그의 눈매와 입가에 내가 당시 집어내지 못했던 치졸한 인상이 담겨 있었는지 되짚어본다. 타인을 다소 귀찮아하는 듯한 눈매에는 쓸데없이 사람을 불러내어 치근덕거릴 만한 추잡함도 눈에 띄지 않았었다. 집으로 돌아와 진한 눈화장과 입술화장을 지우고 옅은 베이지색으로 피부색을 얇게 덧입힌다. 집안일을 보다 나온 듯한 자연스러운 분위기가 연출된다.

식탁에는 식은 국이 담긴 냄비와 딸애 몫의 밥 한 그릇이 놓여 있다. 이제 막 근육이 이완되려 하던 발을 다시 구두 속에 집어넣는다. 뻐근한 통증이 발바닥을 타고 잔가지를 뻗는다.

안개처럼 탁한 칵테일이 앞에 놓인다. 얇게 저민 레몬 한 조각이 잔 가장자리에 꽂혀 있다. 그의 몫으로는 맥주가 나온다. 테이블 가장자리에서 여윈 촛불이 흔들린다. 웃을 때마다 얇게 눈꼬리가 접히는 명회의 얼굴이 떠오른다. 나는 무엇을 기대하고 이곳에 앉아 있는 것일까, 잠시 현기증이 인다. 그러나 이내 눈을 깊게 감았다 뜨고, 맞은편 자리 명회 남편의 흰 와이셔츠 깃을 본다. 그것은 신예 마술사의 주머니 속에서 나온 얌전한 비둘기처럼 희다. 그는 물방울이 맺히기 시작한 맥주병을 골똘히 내려다보며 아무 말이 없다. 온종일 숫자와 그래프에 절여진 남자의 눈빛에서는 프린터에서 막 뽑혀나온 종이 냄새가 난다. 칵테일을 한 모금 마신다. 보험서류를 옆구리에 끼지 않고 사람을 만난 것이 얼마 만인가.

"집사람이랑 오래 알고 지내셨지요."

그가 무겁게 입을 연다. 나는 여고 시절서부터의 시간을 셈해보며 웃어 보인다.

"그 사람 예전에는 어땠나요."

그는 주식시장 거래동향을 묻듯 질문한다. 칠층 높이 창밖 아래로 긴 고가도로가 내려다보인다. 명희와의 시간을 되짚어보려 했으나 잘 기억이 나지 않는다. 생각해보면 우린 여고 동창일 뿐 졸업 뒤에는 거의 만나지 않은 사이였다.

명희의 남편은 테이블 위의 벨을 수시로 누른다. 종업원이 오갈 때마다 술병을 새것으로 교체해준다. 그는 관자놀이 부근이 불그스름하게 번져가기 시작했으나 여전히 흐트러짐이 없다. 나는 쉴새없이 명희에 대한 이야기를 짜맞추어 늘어놓는다. 상대편은 어쩐지 나를 쳐다보고 있음에도 내 이야기를 전혀 듣지 않는 듯 보인다. 속이 죄는 듯 답답해져 찬물을 들이켜고 싶을 때마다 그의 명함 속에 거미줄처럼 연결된 보험 홍보 대상들을 떠올린다. 두 시간 가까이 같은 이야기를 반복했건만, 계속 말을 잇기를 독촉하는 그를 보며 슬슬 기가 질린다. 첫인상을 잘못 짚어본 것일까. 웬만한 독종들보다 더 진상일지도 모른다는 생각이 든다.

화장실에 들어섰을 때서야 나 또한 술기운이 올랐다는 것을 깨닫는다. 아슬하게 남아 있던 배터리가 소진되며 휴대폰 액정이 까무룩 꺼진다. 화장실은 네 벽면이 전부 거울로 되어 있다. 인맥을 통해 알게 된 영악한 사람들은 보험에 들거나 과학전집을 구매하는 대신 내게 다른 종류의 거래를 요구한다. 나는 그들의 거드름을 경청해주거나 사적인 부탁을 들어주기도 한다. 번거로운 고객은 거래를 끝낸 뒤 되돌아와 찔러보며 사람을 떠볼 때도 있다.

자정이 넘어 밖으로 나왔을 때, 명희의 남편은 잠깐 휘청거렸다. 앞서 걷는 그의 양복 상의 자락이 펄럭인다. 나는 술냄새가 역류하는 숨을 고르며 멈춰 선다. 그가 택시를 불러세워 나를 태운다. 그가 차 안으로 택시비를 선불로 지불하고 고개를 빼는 순간, 박하향의 스킨 냄새가 코끝을 스친다. 뒷좌석에 몸을 묻자 누군가에게 뺨을 얻어맞은 듯 얼얼하다. 팔을 쳐들어 택시를 잡던 그가 명희와 이혼을 생각하고 있다고 말했을 때, 창백한 달빛이 그의 손등 위에 맨살갗을 드러내고 있었다. 숨이 막힌다고 했던가. 차창 밖으로 뒤를 돌아보자 그가 온몸이 저려오는 사람처럼 몸서리를 치며 도로 반대편으로 멀어진다.

딸은 현관문도 잠그지 않은 채 어두운 방구석에서 잠들어 있다. 식은 국과 밥이 그대로다.

누군가 토악질을 한다. 나는 화장을 고치다 말고 문이 닫혀 있는 세번째 화장실 칸을 흘끗 본다. 굽이굽이 접혀 있는 내장들이 전부 쏟아져내릴 듯 깊은, 그러나 정작 게워내는 것은 없는 헛구역질이다. 옆에서 손을 씻던 사무실 여자가 비위 상한다는 듯 손을 흔들어 털며 나간다. 화장실에서 나온 사람은 며칠 전 4팀에 새로 들어온 신참이다. 충혈된 눈 주변이 척척하게 젖어 있다. 사십대 초반쯤 되었을까, 어느 날 갑자기 덤벼든 불행이 등을 떠밀어 얼떨결에 사회로 튕겨나온 여자의 모양새다. 조금 전 팀장의 소집 지시로 사무실에 들렀을 때, 여자는 건물 지하에서 사온 도시락을 먹고 있었다. 고무토막 같은 돈가스와 덜 버무려진 김치, 케첩이 번진 밥을 젓가락으로 허물어 먹던 모습은 입사 초기 나의 자화상을 보는 듯했다. 여자는 찬물로 입을 헹구고 코를 푼다. 여자가 자신의 표정에 뒤섞여 있는 나름대로의 절실함과 분노, 스스로에 대한 연민을 숙성시켜 삶의 도구로 인식하게 되기까지는 꽤 오랜 시간이 필요할 것이다.

"나 명희."

막 전화가 걸려온 휴대폰을 어깨에 긴 채로 사무실에 들어서려던 나는 멈칫한다. 수화기 너머의 목소리는 푹신한 담요 위에서 자다 일어난 고양이처럼 나른하다. 일주일 전, 맥주를 들이켜던 명희 남편의 모습이 떠오른다. 명희는 보험료가 자동이체되는 통장을 바꾸어달라고 말한다. 나는 가방에서 메모지를 꺼내 계좌번호를 받아적는다. 잠시 짧은 침묵이 흐른다.

"잘 지내지?"

내가 묻는다. 명희는 새삼스럽게 그런 것을 묻느냐는 듯, 잔웃음을 내비친다. 그러고는 이번 크리스마스 휴일에 남편과 강원도 온천에 가기로 했다는 이야기를 꺼낸다. 황토 성분의 노천온천인데 머드팩을 할 수 있는 머드 풀장이 따로 마련되어 있다고 한다. 남편이 말도 없이 미리 예약을 해두고 어제저녁에 알려주었다고 덧붙인다. 나는 적절히 맞장구를 치고 전화를 끊는다. 사무실 문이 열리고 4팀의 신참이 무거워 보이는 가방을 고쳐메며 나온다. 그러고 보니 사흘 뒤면 크리스마스다.

낮이 짧은 겨울은 마음이 불안하다. 오후 다섯시가 넘자 거리에는 서서히 볕이 가시기 시작한다. 남자는 약속시간보다 삼십분 늦게 나왔다. 커피숍 테이블 위에 놓인 팸플릿들을 내려다보던 남자가 내게로 시선을 옮긴다. 그는 손을 깍지낀 채 나를 빤히 쳐다본다. 여관 앞에서 덫처럼 손목을 쥐어잡던 남자의 악력이 떠오른다. 나는 팸플릿을 펼치며 웃어 보인다. 메뉴판에서 가장 싼 것을 골라 시킨 커피는 너무 달다.

"내가 암 보험이 필요허긴 헌데."

남자는 경멸과 호기심, 지루함이 섞인 눈길로 천천히 내 얼굴을 훑는다. 때때로 타인의 시선은 한 숟갈의 염산 같아 마주하고 있노라면 심장이 조금씩 부식되는 듯하다. 나는 사무실에서 표본으로 제시해놓은 보험금 수령 사례들을 늘어놓는다. 그는 과장되게 고개를 끄덕이며, 간간이 후루룩 커피를 마신다. 한 시간 가까이 애매모호한 표정을 짓던 그가 라이터를 딸각거린다. 그는 내게 술 한잔 할 생각이 있느냐고 묻는다. 번들거리는 그의 이마 위에 까맣게 원액이 남은 커피잔을 내리치고 싶은 충동을 참는다. 일그러진 표정을 들키지 않기 위해 머리칼을 손질한다. 한쪽 벽면의 수족관 속에서 줄무늬 열대어들이 열을 지으며 헤엄친다.

남자는 내 얼굴을 힐끔거리며 술잔을 채운다. 소주병이 팸플릿 위에 놓이자 활자들이 부옇게 젖어간다. 창밖에는 진눈깨비가 흩날린다. 마른 수건으로 김 서린 창문을 닦아내던 아르바이트생이 술집 안의 조도를 낮춘다. 벽에 매달린 조명 때문에 남자의 얼굴이 주홍빛으로 물들어 보인다. 고춧가루를 잔뜩 풀어넣은 대구탕은 밤과 함께 졸아붙는다. 나는 금세 취한다.

술집을 나서다가 계단에서 발을 헛디딘다. 시큰거리는 발목을 가누며 밖으로 나오자 눈발은 휴짓조각처럼 굵어져 있다. 남자의 부축을 받아 빈 보도를 걷는다. 잠시 가로수 아래에 멈춰 서 메마른 기침을 토해낸다. 뱃속에 웅크리고 있던 무언가가 활개를 치며 목젖을 박차고 입 밖으로 튀어나온다.

"방금, 봤어요?"

공중으로 날아오른 까마귀를 가리키며 남자에게 재빨리 물으려는 찰나, 먹었던 것들이 식도를 타고 쓰라리게 쏟아져내린다. 가지가지 허고 자빠졌네. 남자의 목소리가 얼핏 귓가를 스친다. 그는 태아 시절부터 몸속에 고여 있었던 것 같은 가래를 뽑아올려 거칠게 뱉는다. 그러고는 도로변으로 내려가 택시를 기다린다. 자정을 훌쩍 넘은 시각의 도로에는 차가 드물다. 남자의 뒤통수를 향해 가방을 집어던진다. 그가 욕지거리를 내뱉으며 뒤를 돌아본다. 눈을 부라리며 달려온 그가 내 멱살을 움켜쥐더니 뺨을 후려친다. 나는 눈을 감는다. 숨을 들이쉬자 눈송이가 콧속으로 빨려들어온다.

편의점을 찾아 들어간다. 생수로 입 안을 헹구고 더러워진 손과 옷자락을 문질러 닦아낸다. 편의점 안에는 새벽 라디오가 흐른다. 급속충전기로 휴대폰 배터리를 충전하는 동안 이문세의 〈광화문 연가〉를 듣는다.

"여보세요?"

수화기 너머로 졸음에 엉긴 목소리가 들려온다. 나는 혀끝을 깨물며 숨을 죽인다. 이어, 누구냐고 묻는 명회의 목소리와 이불 서걱거리는 소리가 배경음처럼 들린다. 상대방은 이내 전화를 끊는다. 명회의 침대에서 잠옷 차림으로 잠든 나를 그려본다. 명회 남편과 함께 살갖을 맞대며 서로의 체온으로 잠들고, 날이 밝으면 살찐 아들을 위해 영양가 높은 주스를 직접 갈아 만든다. 설탕을 듬뿍 넣은 쿠키를 만들면서도 이따금씩 아들이 비만수치에 가까워지지 않도록 수영이나 헬스를 시켜야겠다는 생각을 할 것이다.

오늘은 다이어트북과 에어로빅 비디오를 판매한다. 사무실 한쪽 벽에는 사은품으로 제공되는 분홍색 에어로빅복이 걸려 있다. 오늘은 노원구 내의 아파트들을 순회할 것이다. 비밀번호를 입력해야만 출입구를 통과할 수 있는 아파트는 피하여, 아파트 내의 방문객처럼 자연스럽게 경비실 앞을 지나쳐야 한다.

아파트가 마주 보고 선 단지 내는 바람이 유독 더 차갑다. 101동에 들어선다. 꼭대기 층인 십오층에서부터 시작하여 차례로 현관문을 훑고 내려온다. 첫번째 집의 초인종을 누르는 것이 어려울 뿐 이내 익숙하게 인터폰을 향해 인사를 건다. 사람들은 다소 신경질적인 어투로 사양하거나, 대답 없이 인터폰을 내려놓거나 혹은 드물게 어디서 나왔냐며 꼬치꼬치 캐묻기도 한다. 초인종을 두 번 눌러도 반응이 없는 빈집 앞에 서면 이상하게도 안도의 한숨이 나온다. 중년의 여자들이 모임을 갖고 있던 집과 젊은 자매가 함께 사는 집에서 나를 들여 상품설명을 들었다. 중년의 여자들은 너도나도 팸플릿을 집어가며 관심을 보였다. 누군가 검은 스웨터를 들쳐 제왕절개 자국이 기묘한 필기체 서명처럼 새겨져 있는 두둑한 뱃살을 내보이자, 저마다 물주머니처럼 출렁이는 팔뚝과 허벅지를 내보이며 세월에 늘어진 몸매를 한탄했다.

아파트 두 동째를 돌고 있을 때, 경비가 올라와 호통을 치며 밖으로 몰아낸다. 나는 경비에게 맞대어 욕설을 내뱉고는 아파트를 벗어난다.

빈 놀이터에 앉아 담배를 피운다. 누군가 모래에 섞인 조개껍데기를 골라 한쪽에 무덤처럼 쌓아올려놓았다. 어둠이 치석처럼 끼어가는 아파트의 창문들을 본다.

집으로 돌아가는 길은 유난히 차가 막힌다.

"유리 엄마, 잠깐만."

집주인 여자가 다가온다. 그녀의 품에는 못 보던 강아지가 안겨 있다. 지난번의 개보다 작고, 털이 곱슬곱슬한 푸들이다. 여자는 집세 납부기한이 얼마 남지 않았음을 상기시킨다. 돌아서려던 여자는 막 생각났다는 듯, 다시 말을 잇는다.

"유리 말이야, 나다닐 때 대문 좀 잘 잠그고 다니라 해. 오늘 낮에만 해도 이상한 사람이 들어와서 기웃거리잖아. 열쇠도 줬는데 왜 그렇게 문을 활짝 열고 다닌대."

집 안은 어둡다. 냉기가 흐르는 방바닥은 깨끗하다. 식탁 위에는 젖은 행주로 훔쳐낸 물자국이 메말라 있다. 딸애는 아직 들어오지 않았다. 나는 보일러를 작동시키고 방바닥에 눕는다. 벽면에는 과학전집에서 오려낸 수많은 종류의 조류들 사진이 붙어 있다. 쓸모가 없어진 전집 샘플들을 주었을 때, 딸애는 갓 지은 한복 받아들듯 조심스럽게 책들을 받아안았다.

가방을 베고 누운 채로 눈을 감자, 종아리가 부레옥잠처럼 부풀어오르는 듯한 느낌과 함께 몸이 실뿌리처럼 가닥가닥 찢어져 물속에서 부유하는 것처럼 아득해진다.

나는 한 그루 나무 아래 서 있었다. 눈 내리는 밤풍경 속에 오직 나무만이 흰빛이었다. 나무껍질은 눈부신 결정들이 환히 들여다보이는 얼음으로 뒤덮여 있다. 사방은 고요했다. 굵게 드러난 나무뿌리에 걸터앉았다. 영원히 아무 일도 일어나지 않을 것만 같은 평화로움이 찾아왔다. 그때 발치로 무언가가 툭, 하고 떨어졌다. 목이 뒤틀린 채 죽은 까마귀였다. 하늘을 올려다보자 손톱

만큼 작은 공간의 어둠이 지워져 있었다. 죽은 까마귀를 나무 아래 눈 속에 묻자, 나무는 검은 잎을 틔워내기 시작했다. 툭, 투둑, 툭. 죽은 까마귀떼가 소나기처럼 쏟아졌다. 날이 밝아오고 있었다. 나는 울고 있었다.

갈증을 느끼며 눈을 뜬다. 아침 여덟시가 다 되어간다. 번쩍 정신이 들어 자리에서 일어난다. 옆에서 등을 돌리고 앉아 있던 딸애가 무언가를 감춘다. 욕실로 달려가 황급히 양치질을 한다. 딸애가 수줍은 듯 상기된 얼굴로 다가온다. 맨발을 꿈지럭거리며 기대에 찬 눈으로 등뒤로 숨기고 있던 것을 꺼내 내민다. 눈앞에 나타난 것은 색도화지로 포장한 작은 선물 꾸러미와 달력의 그림을 오려붙여 만든 카드다.

"엄마, 메리 크리스마스."

가슴이 저려오는 답답함을 느낀 나는 화장실에 조그맣게 붙어 있는 창문을 연다. 이제 막 부윰하게 밝아오는 하늘에 비도 눈도 아닌 것이 바람에 섞여 흩날린다. 곁으로 와서 선 딸애의 헝클어진 머리칼 위에 눈발이 달라붙는다. 고양이 한 마리가 잿빛 담장을 지난다. 낮은 담장 너머로는 기울어진 전신주가 내다보인다.

겨울바람에서 희미한 젖내가 난다.

올해 영상문화대전의 다큐멘터리 부문 대상 수상작은 어느 모로 보아도 짜깁기 작품이었다. 다른 출전 팀들은 여러 비교작품을 앞다투어 표절의 증거물로 제시해 보였다. 수상 팀의 감독을 맡은 대학생이 개최사의 이사 아들이라는 말도 나돌았다. 나는 인터넷 방송을 통해 벌써 세 차례 넘게 수상작을 재생시키고 있다.

"그런 쓰레기를 뭐 볼 거 있다고 자꾸 돌려? 젠장⋯⋯"

비좁은 동아리실 안을 서성이며 통화를 하던 정우가 탁자 위로 휴대폰을 집어던졌다. 그 바람에 높다랗게 포개놓은 컵라면 용기들이 기우뚱하며 쓰러지고, 남아 있던 라면 국물이 영화잡지 위로 쏟아졌다. 레자 거죽이 벗겨진 소파 위에서 등을 구부리고 잠든 여자 후배가 몸을 뒤척이며 입맛을 다셨다. 정우는 액정에 금이 간 휴대폰을 들여다보다가 머리칼을 쥐어뜯더니, 내 휴대폰을 낚아채 만리장성으로 전화를 걸었다. 잠시 후 오토바이 소리와 함께 짬뽕 국물과 고량주가 배달되어 왔다. 부원들은 빵조각을 발견한 바퀴들처럼 슬그머니 탁자 주변으로 모여들었다.

고량주가 목구멍으로 뜨겁게 넘어가는 순간, 그가 떠올랐다.

그는 맞은편 빌라에 살고 있다. 내가 세든 1동은 그가 사는 2동 보다 평수가 약간 작은 편이다. 그는 베란다의 창문을 활짝 열어 젖힌 채 건조대에 속옷들을 잔뜩 널어두어 빌라 여자들에게 욕을 먹곤 했다. 주로 와인색 계열의 브래지어를 착용하고 팬티는 거의 검은색만 입는 모양이었다. 빌라에 사는 아이들은 그의 풍만한 가슴 속에 들어 있는 것이 토마토인지 곰보빵인지 내기했다. 다리의 알통을 곧추세운 채 하이힐을 신고 내 곁을 스쳐 지나가는 그의 긴 머리칼에서는 샴푸 향기가 풍겼다.

동아리 부원들은 새 작품의 발상보다도 그를 캐스팅한다는 것에 호기심을 보였다. 그들은 성전환수술에 성공한 모 탤런트의 늘씬한 몸매를 들먹이며, 얼굴도 모르는 그의 여성성에 찬사를 보냈다.

부원들과 함께 그를 찾아가기로 한 날은 새벽부터 비가 내렸다. 약속시간이 다 되었으나 부원들은 하나같이 연락이 닿지 않았다. 준비해둔 화장품 세트를 들고 2동으로 찾아갔다. 장마전선은 바깥보다도 낡은 빌라의 내부에 먼저 그 조짐을 드러냈다. 빌라 주민이 일러준 403호의 어두운 계단 앞에는 사마귀 같은 자전거 한 대가 세워져 있었다. 곰팡내를 풍기는 습한 시멘트 벽 위에 동네 아이들이 갈겨놓은 낙서를 각종 광고 스티커로 가려놓은 흔적이 보였다.

그는 발목까지 내려오는 원피스를 입고 있었다. 현관문 걸쇠를 걸어둔 채 서둘러 집 안을 정리하고, 입구의 신발까지 가지런히 모아둔 후에야 나를 안으로 들였다. 캐스팅을 너무 만만하게 생각한 것이 실수였다. 그는 치맛단의 레이스를 만지작거리며 곤란하다는 표정으로 일관했고, 가타부타 대답 없이 내 학생증을 유심히 들여다보다가 내려놓았다. 두 시간 남짓 우리 동아리의 경력을 부풀려 소개하고, 예술적이고 인간적인 제작의도를 구관조처럼 반복해 읊어댔지만 반응이 없는 그에게 제풀에 지친 나는 섭외용 명함 한 장만을 놓고는 밖으로 나왔다.

집에 돌아온 뒤 그로부터 문자메시지가 도착했다. 내가 들고 간 화장품 세트는 건성 피부용이라며 혹시 복합성 피부용으로 교환이 가능하다면 바꿔 쓰고 싶다는 거였다.

내가 처음으로 시도했던 다큐멘터리의 제목은 '떠돌이 개'였다. 한쪽 귀가 잘려나간 검은 개는 당시 칠 년 동안 시장 골목에서 털을 비비고 살아온 터줏대감이었다. 그러나 떠돌이 개라는 이름이 무색하게 놈은 먹이를 구하러 나설 때 외에는 굴다리 밑에서 동강난 폐타이어 조각처럼 누워 잠만 잤다. 먹이 탐색이라고 해봤자 시장 어귀에 쌓인 쓰레기더미를 느긋하게 주둥이로 파헤치거나, 근처 포장마차 앞을 배회하며 안에서 던져주는 소량의 음식 찌꺼기들을 기다리는 것이 전부였다. 캠코더의 테이프와 배터리를 갈며 놈의 개 비린내를 쫓아다니던 나는 열일곱 살이었다. 두 달 넘도록 촬영에 임했으나 끝내 다큐멘터리는 완성하지 못했다. 늙은 개가 배추 트럭에 치여 죽어버린 탓이었다. 예상치 못한 하이라이트 장면을 담기 위해 시장 구석구석을 뒤졌으나 개의 사체는 찾을 수 없었다.

동아리 부원들은 짐짓 아무렇지 않은 표정을 지었으나 그의 외모에 실망한 기색이 역력했다. 그는 커피색 스타킹에 청미니스커트 차림으로 우리를 맞이했다. 신발을 정리하려고 상체를 구부렸을 때, 꽉 끼는 민소매 블라우스 안쪽으로 갓 쪄낸 떡덩어리 같은 젖가슴이 들여다보였다. 정우는 두 개의 방과 화장실, 비좁은 거실을 살피며 촬영 동선을 잡기 시작했다.

그는 내레이션을 담당하는 여자 후배의 곁에 앉아 여름철의 머릿결 관리에 대해 이야기했다. 실내가 유난히 습하고 덥다 했더니 잠시 후 그가 부엌에 들어가 찐 옥수수를 들고 나왔다.

"촬영 들어가게 되면 외출하는 장면 빼곤 평소처럼 편한 옷차림으로 있어주세요. 노메이크업이면 더 좋고."

그는 귓등으로 머리칼을 쓸어넘기며 고개를 끄덕였다. 여자 후배는 매니큐어가 말끔하게 발린 그의 손톱에 감탄했다. 그는 흥분과 긴장이 섞인 눈길로 우리들을 번갈아 바라보았다.

닷새 후 사전 작업이 마무리된 뒤 본격적인 촬영이 시작되었다. 부원들은 새벽부터 그의 집에 모였다. 일주일이 넘도록 태풍을 동반한 장마가 이어지고 있었다. 밤새 잠을 설쳤다며 민망한 듯 웃어 보인 그는 각본의 설정대로 다시 침대에 가서 누웠다. 요란한 자명종이 울리자, 그제야 깨어난 듯 기지개를 켜고 잠자리에서 일어났다. 폼클렌징에 녹찻가루를 섞어 세수하는 모습과 부엌에서 밥을 볶고 계란을 풀어 오므라이스를 만드는 장면이 카메라에 담겼다. 일을 나가는 오후 여섯시 전까지 그는 인터넷에서 영화를 다운받거나 잡지를 보며 시간을 보냈다. 외출 준비를 하며 화장대 앞에 앉아 한참 동안 스킨을 두드려대던 그가 화장하는 장면을 꼭 넣어야 하느냐고 물어왔다.

요의를 느끼고 화장실에 들어갔을 때, 수건 선반 뒤편으로 남성용 면도크림과 면도기가 보였다. 나는 장비를 정리하고 있던 촬영팀을 불렀다. 녹화상태에 문제가 있었다는 이유를 대고 아침 세수 신 재촬영에 들어갔다. 비눗기를 헹구는 그의 어깨 너머로 면도크림과 면도기가 앵글 구석에 잡혔다.

　가로등 불빛에 비친 젖은 아스팔트길이 비늘처럼 빛났다. 그는 밤 열한시가 넘은 시각에 전화를 걸어왔다. 술이나 한잔 하자는 것이었다. 나는 막 샤워를 끝내고 자려던 참이었다.

　입구 쪽의 시들어가는 술자리에서는 나이든 회사원들 셋이, 인디언들이 담배 파이프를 나누어 피우듯 나훈아의 〈잡초〉를 한 소절씩 돌려부르고 있었다. 그들의 뒤쪽 테이블에 그가 보였다. 그는 벽걸이 선풍기를 내 쪽으로 고정시켰다. 냄비 속의 묵은지와 감자 조각이 걸쭉한 국물을 뒤집어쓴 채 말라붙어가고 있었다.

　"어떤 손님한테 들은 농담인데요. 저승사자가 가장 싫어하는 인간이 누군지 아세요? 옛날에는 명부를 조작하고 도망친 동방삭이었는데 지금은 우리 같은 부류래요. 흐흐, 그럴 만도 하죠. 저승명부에는 남자로 되어 있는데, 잡으러 가면 여자뿐이니 오죽 황당하지 않겠어요? ……그 새끼, 아니, 손님이 나더러 저승 가면 괘씸죄도 추가되어 고생 좀 할 거라 해서 내가 뭐랬는지 알아요? 죽으면 염라대왕한테 피해보상청구를 몇 배로 할 거라고 했어요. 명부에 여자로 올릴 걸 남자로 잘못 기재해 내 인생을 이렇게 조져버린 그 정신적 살인에 대한 피해보상을."

그는 씁쓸한 표정으로 기름이 엉겨붙은 국물을 휘휘 저었다. 팔뚝에 낮에는 보지 못했던 멍이 얼룩져 있었다. 그는 내 시선을 느끼고 얼른 팔을 내렸다. 가게에서 술 취한 손님과 실랑이가 생겨 일찍 퇴근하게 되었다고 했다. 성전환수술을 받은 트랜스젠더들은 업소에서 수입이 좋은 에이스 대우를 받는다고 했다. 그의 경우에는 잘나가는 에이스 곁에 부록처럼 끼워져 움직이는 도우미 정도였다.

"가끔 피곤하면 가위에 눌려요. 그때마다 사타구니에 선인장이 끼어서 옴짝달싹 못하는 꿈을 꾸는데, 일어나면 정말 그걸 불로 태워 없애버리고 싶어."

나는 텔레비전에 나오는 섹시한 트랜스젠더들을 보면 가끔 하고 싶어질 때가 있다고 분위기를 맞추었다. 그러자 그가 테이블 위로 몸을 기울였다. 감자탕 냄비 속에 그의 한쪽 머리칼이 닿았다. 그는 웃음이 섞인 은밀한 목소리로, 자신은 갈라진 바위처럼 가슴 근육을 키운 마초적인 남자를 떠올리며 자위를 한다고 말했다.

가게에서 나온 그의 걸음걸이에 취기가 묻어났다. 굽 높은 샌들에서 연신 미끄러지는 그를 부축하며 걸었다.

양고기 전문 정육점 앞에서 한참을 헤매다가 길을 찾았다. 가
게는 나이트와 호프집이 즐비한 이태원의 골목에 자리하고 있었
다. 지하로 내려가는 계단서부터 매캐하고 습한 공기가 부유했
다. 실내가 워낙 어두운데다 한쪽 스테이지에서는 사이키 조명이
돌아가고 있었기 때문에 그를 찾아내기란 쉽지 않았다. 나는 합
석을 제안하는 웨이터의 안내를 무시하고 스탠드바의 구석에 앉
았다. 손님들은 그와 비슷한 여장 남자들과, 나와 다를 것 없어
보이는 평범한 부류들로 나뉘었다. 웨이터에게 그의 이름을 대
고, 칵테일을 주문했다.

 "니미럴, 이런 개새끼가."

 그때 무언가 날아와 내 관자놀이를 강타했다. 실내의 소음들이
철사 뭉치처럼 엉켜 관자놀이를 뚫고 들어오는 느낌이었다. 웨이
터가 달려왔다. 스탠드바 옆쪽에 앉아 있던 두 여장 남자들 사이
에 시비가 붙었다. 드레시한 스커트 아래로 다리를 꼬고 있던 둘
은 욕지거리를 쏟아내며 서로의 가발을 뜯어벗겼다. 한 명이 다
른 쪽의 급소를 걷어차더니 먹살을 쥐어잡고 포대자루 끌고 가듯
밖으로 나갔다. 나를 습격한 것은 양주잔이었다. 누군가 다가와
괜찮냐고 나를 살피며 슬며시 허리에 팔을 둘렀다. 척추 속으로
탄산수가 쏟아지는 듯한 현기증을 느끼고 화장실로 도망쳤다. 대

리석으로 된 세면대 위에는 늙은 커플이 엉겨붙어 있었다. 처음부터 업소 촬영을 완강하게 거부했던 그는 끝내 나타나지 않았다. 나는 한 시간쯤 더 버틴 뒤에 가게를 나왔다.

장마가 길어지자 동아리실에 귀뚜라미를 비롯한 각종 벌레들이 출현하기 시작했다. 실내 구석구석에 살충제를 분사하고 곰팡이가 슬어가는 소파 속에는 나프탈렌을 집어넣었다. 부원들은 녹화 테이프를 중간검토하며 만족스러운 반응을 보였다. 여자 후배가 내레이션 시나리오를 맞춰보다가 말을 돌렸다.

"자기가 여자다 뭐다 해도 눈빛은 아직 남자더라구. 인터뷰 받아적느라고 허리 좀 숙이고 있었더니 은근슬쩍 눈이 가슴으로 가데?"

털털하기가 군대 복학생 수준이기로 소문난 여자 후배는 허공을 향해 주먹으로 엿을 만들어 먹였다.

"딴 건 모르겠는데 빨래 좀 하지. 안방 가보니까 침대에서 구린내가 다 나더라."

옆에 있던 동기도 한몫 거들어 말했다.

한동안 잠자코 필름을 재생시키던 나는 부원들의 주의를 집중시켰다. 더위에 절여진 그들은 내가 잠시 머뭇거리자 신경질적으로 이야기를 재촉했다. 이번 공모전의 당선 팀에게는 상금 오백만원과 함께 해외영상대전 초대 티켓이 주어졌다. 더불어 당선만 된다면 수상실적을 앞세워 교내 장학금과 지원금 혜택까지 노려볼 수도 있었다.

그는 수박을 잘라 내놓았다. 여느 때와 다름없이 베란다의 건조대에는 색색가지의 속옷들이 널려 있었다. 비가 그치고 모처럼 볕이 내리쬐었다. 부원들은 얼음물을 마시며 장비를 세팅했다. 오늘 녹화할 부분은 거실에서의 인터뷰 장면이었다. 그는 민소매 티셔츠에 고무줄 반바지를 입었다. 자고로 인터뷰란 기대치 못한 솔직한 대답을 얻어낼 수 있도록 어느 부분에서는 질문에 가속도를 붙이는 것이 요령이다. 그러나 그는 질문이 나간 뒤 한동안 뜸을 들이다가 대답하거나, 유도하려는 답과는 다르게 동문서답을 해댔기 때문에 촬영이 생각보다 길어졌다. 낡은 모터 소리 때문에 선풍기를 켤 수도 없었다. 손부채질을 해대던 그의 민소매 셔츠 밖으로 브래지어 끈이 삐져나왔다. 여자 후배가 속옷 추켜올리는 시늉을 하며 그에게 일러주려 했으나 내가 저지시켰다. 그는 왼쪽 어깨에 자줏빛 브래지어 끈을 드러낸 채 인터뷰에 열중했다. 내가 보낸 사인에 후배는 내키지 않는 표정으로 딴청을 피우다가 앉은 자세를 바꾸었다.

미니스커트를 입은 후배가 그를 향해 슬그머니 다리 사이를 벌렸다. 앵글 너머 그의 시선이 한쪽으로 치우치는 것이 잡혔다. 나는 화면을 서서히 줌아웃시켰다. 그의 눈빛은 한 뼘 길이밖에 안 되는 후배의 스커트 속으로 미끄러졌다가 기어나오기를 반복했다. 그는 잠깐 물을 마시고 오겠다며 일어나 부엌으로 사라졌다. 여자 후배는 징글맞다는 얼굴로 다리를 오므리며 한숨을 내쉬었다.

"곧 이사가게 될 거예요. 주삿값이 은근히 비싸서요. 벌써 호르몬제 못 맞은 지 보름이 넘었거든요. 에스트로겐은 삼 일에 한 번씩은 맞아야 효과를 보는데…… 월세 싼 데로 옮겨가야죠."

그가 차분한 목소리로 눈을 내리깔았다. 속눈썹이 낙타의 그것처럼 굵고 짙었다. 촬영이 끝난 뒤의 그는 평소보다 지쳐 보였다. 부원들은 신속하게 장비를 정리하여 빌라를 떠났다. 1동으로 향하다가 문득 뒤를 돌아보았을 때, 그는 베란다에 널어둔 빨래를 걷고 있었다.

언젠가 뉴욕에서 대학을 다니던 친구가 선물로 희귀 필름을 구해다준 적이 있다. 한창 이라크 포로 고문에 대한 파문으로 떠들썩했을 무렵에 덩달아 유행처럼 돌던 스너프 필름이었다. 살인이라든가 신체절단 등 각종 엽기적인 행각을 셀프카메라처럼 찍어 예술이라는 명목하에 만들어놓은 스너프 필름은 대부분이 조작된 연출이었다. 친구의 선물은, 뉴욕 중심지에 산다는 노년의 부부가 찍은 셀프카메라였다. 백발의 부부는 텔레비전을 보며 감자 요리에 와인을 마시고 침실로 향한다. 아내가 웃으며 침실 구석의 나무상자 위로 올라가 굿나이트 인사를 보낸다. 이윽고 아내가 미리 걸어둔 끈에 목을 매달고 나무상자를 걷어차는 순간, 남편은 아내에게 아름답다는 찬사를 보낸다. 이윽고 아내가 경련을 일으키다가 혀를 빼물고 늘어지면, 남편은 촬영하던 카메라를 내려놓고는 구부정한 허리를 일으켜 그녀에게 다가가 게거품이 묻은 뺨에 입을 맞춘다.

스너프 필름의 대부분은 완벽하게 조작되었기 때문에 설정인지 실제 상황인지 구분해내는 것이 불가능하다. 인터넷 공유사이트에서 빈 과자봉지처럼 떠도는 어설픈 스너프 필름과는 차원이 다른, 정식 마니아층의 수집 필름들은 고가에 밀거래된다고 했다. 친구는 스너프 필름의 제작자들을 거리낌없이 감독이라 칭했다.

"그들이나 너나 카메라 들고 하는 생각은 마찬가지 아니냐. 좀 더 특이한 걸로 시선을 끌어보자는 거. 근데 이런 필름들이 히트치는 것에 비해 네 작품이 아직 아마추어 티를 못 벗은 이유는 따로 있지."

녀석은 언제나 직설적이었다. 내가 음료수를 가져온다며 일어서자 친구는 더이상 말을 잇지 않고 필름을 돌려감았다. 친구가 돌아가고 난 뒤 스너프 필름은 서랍장 안에 처박혔다.

나는 그해 숱한 영상공모전에서 단 한 군데의 예선전에도 오르지 못했다.

능력 있는 감독이란 죽은 떠돌이 개의 사체를 찍기 위해 찾아다니는 쪽이 아니라 살아 있는 개를 향해 트럭을 내모는 편이라는 걸 깨달은 것은 그로부터 얼마 지나지 않아서였다.

오렌지주스 선물세트를 샀다. 그는 아파트 단지 입구에서 한참을 서성거렸다. 부원들이 하나 둘씩 지친 기색을 내비치기 시작하자 그는 눈을 한번 다잡아 뜨고는 건물 안으로 들어갔다. 낡은 엘리베이터에 올라탄 그가 팔층을 눌렀다. 내 어깨에 실린 카메라의 상단에는 녹화중 램프가 깜빡이고 있었다.

그는 802호 현관문 앞에서 아까의 두 배쯤 되는 시간을 망설였다. 이윽고 그가 벨을 누르자, 안에서 새침한 계집아이의 목소리가 들려왔다.

"누구세요?"

그는 인터폰 가까이에 입을 대고 자신의 이름을 댔다. 새침한 목소리는 제 엄마를 불러대는 듯했고 이내 젊은 여자가 나타났다. 여자는 현관문의 걸쇠를 걸어둔 채 그를 경계했다. 당황한 그가 더듬거리며 물었다.

"여기 이명숙씨 댁 아닌가요."

여자는 고개를 저으며 그를 위아래로 훑었다. 이어 문이 요란하게 닫히고 숫돌에 칼 가는 소리를 내며 잠금장치가 작동되었다. 그는 입술을 침으로 축이고는 어색하게 웃었다. 엄마가 연락도 없이 이사를 갔나보네. 엘리베이터가 내려와 멈출 때까지 다섯 명은 무중력상태의 정적에 잠겼다.

그가 중간촬영 뒤풀이를 원했기에 우리는 근처 호프집에 들러 마른안주와 생맥주를 주문했다. 그는 우리들에게 각자 사귀는 사람이 있냐고 물었다. 나는 솔로 생활 반년째라고 웃어넘겼고, 정우는 얼마 전에 헤어진 여자친구 이야기를 꺼내며 분통을 터뜨렸다. 술자리의 화제는 자연히 부원들의 연애사로 넘어갔다. 여자 후배가 그에게 가장 최근에 연애해본 것이 언제냐고 물었다. 그는 오징어를 새끼손가락에 빙빙 감다가 쑥스러운 표정으로 술을 들이켰다. 그러나 곧 모두의 이목이 집중되었다는 것을 눈치채고는 자세를 바꾸었다.

"지나간 얘긴 할 필요 없는 거고. 사실 지금은 좋아하는 사람이 새로 생겼어요."

메모지에는 일곱 자리의 전화번호가 적혀 있었다. 그는 고맙다고 대꾸했으나 선뜻 수화기를 들지는 않았다. 잠시 후 그가 어머

72

니와 나눈 통화는 매우 짧았다. 형식적이기만 할 뿐 별로 건질 게 없다는 부원들의 의견대로 그 장면은 편집되었다.

그가 어머니의 아파트를 찾아갔다가 허탕을 치고 돌아온 날, 내 주머니 속에는 전화번호가 적힌 메모지가 들어 있었다. 그의 가족이 이사를 했다는 것은 이미 사전에 촬영 협조를 구하는 과정에서 부원 모두가 알고 있던 바였다.

선배들 몇이 지원금을 송금해주었다. 대학가의 상점들에서도 적은 액수를 후원받아, 부원들의 사비가 지출된 것을 어느 정도는 충당시킬 수 있었다.

촬영은 막바지에 접어들었다. 부원들은 작품이 끝난 뒤 함께 가기로 한 해운대 엠티 계획으로 잔뜩 들떠 있었다.

다큐멘터리의 마지막 장면은 그가 동네에서 유모차를 타고 지나가는 아기를 보고 들어 안아보며 웃음짓는 장면으로 마무리지어졌다. 아기와 아기 엄마의 역할은 부원 중 한 명의 친척을 섭외한 것이었다. 마지막 촬영이 끝난 뒤, 그는 아쉬운 듯한 표정으로 자신의 집에서 맥주라도 한잔 하자고 말했다. 그러나 부원들은 모두 바쁘다는 핑계로 자리를 피했다. 나도 예외는 아니었다. 지금까지의 촬영 필름들을 보면 마치 실밥이 잔뜩 달린 옷을 입고 있는 듯한 기분이었기에, 얼른 편집작업을 거쳐 작품을 완성시키고 싶은 마음뿐이었다. 장마에 이어 태풍까지 한바탕 서울을 휩

쓸고 지나가고 나자 본격적인 더위가 시작되었다.

작업이 끝나면 곧장 다시 연락하겠다는 말을 끝으로 그에게는 한동안 연락을 하지 못했다. 정우와 함께 동아리실에서 나흘째 합숙하다시피 지내며 편집작업에 착수했다.

밤늦은 시각에 그로부터 전화가 두 차례 걸려왔다. 처음에는 내가 전화를 받자마자 그가 끊어버렸다. 두번째 전화가 왔을 때는 내 쪽에서 받지 못했다. 막 통화 버튼을 누르려는 순간 정우가 낄낄거리며 입을 열었기 때문이었다.

"이참에 그쪽이랑 연애나 한번 해보지? 흔치 않은 기회다, 인마."

다음날 저녁 빌라 단지 앞에서 그를 만났다. 그는 출근길에 잠깐 나를 불러낸 거라 했다. 동네 아이들이 몰려들었기에, 내가 앞장서 동네 커피숍으로 향했다. 부드러운 소파에 기대자 그간의 피로가 몸 곳곳에서 곪은 종기처럼 솟아오르는 듯했다.

그가 가방 속에서 꺼낸 것은 몇 장의 사진이었다. 사진 속에는 그의 세미누드가 담겨 있었다. 짙은 화장을 하고 아랫도리를 교묘하게 가린 탓에, 골격만 조금 클 뿐이지 흠잡을 데 없는 여자처럼 보였다. 한창 호르몬제를 투여했던 시기에 찍은 사진이라 했다. 맨 마지막 사진 속에는 키 큰 사십대 사내와 그가 칵테일바를 배경으로 함께 껴안고 있었다. 요 근래 새로 사귄 애인과 함께 찍은 사진이라며, 다큐멘터리의 마지막 부분에 사진들을 실어줄 것을 요구했다. 사내는 허리가 긴 편이고 이끼 같은 수염이 입 주변을 뒤덮고 있었다.

　국내 영상축제 담당자 앞으로 우편물을 발송한 뒤 부원들은 모두 진정한 여름의 옆구리 속으로 파고들었다. 해운대에서 이박삼일의 짧은 휴식을 마치고 돌아올 무렵, 나와 정우는 식중독에 걸렸고 여자 후배는 모기에 물려 혹처럼 부어오른 자국들이 덧나 진물이 흐르고 있었다.
　그뒤로 빌라 단지에서 몇 차례 그와 마주쳤다. 골목에서 만난 그는 사진 속의 사내를 소개해주었다.

　개강을 하자 부족한 학점 때문에 빠듯하게 짜놓은 시간표를 따라 움직여야 했다. 10월 초, 같은 수업을 듣는 여자 동기와 연애를 시작하게 되었다.
　그날 저녁도 여자친구와 함께 삼 인분째의 삼겹살을 불판 위에 올려놓고 있는데, 죽어가는 날벌레의 날갯짓처럼 요란한 진동이 주머니를 울렸다. 흥분한 목소리의 정우가 지금 어디에 있냐고 물었다. 순간 난 고기 집게를 든 채로 자리에서 일어났다. 의아한 표정을 짓는 여자친구의 뺨에 입을 맞추었다.

영상축제의 다큐멘터리 공모 부문에 우리가 당선되었다는 소식이었다.

영상축제는 인천에서 삼 일간 이루어졌다. 우리 작품은 축제 이틀째에 상영될 예정이었다. 낯익은 가수들이 무대에 올라 간단한 축하공연을 벌였다. 일본 감독이 제작한 개막작을 기다리며 과일빙수를 먹고 있는데, 여자 후배가 문득 생각난 듯 입을 열었다.

"오빠, 그 사람한텐 연락해줬어요?"

물큰, 과일빙수 속에 들어 있던 물러터진 체리가 어금니에 들러붙었다.

개막작은 일본 여고생들의 탈선 현장이라는 자극적인 주제를 다루고 있었다. 감독은 소문대로 노골적이고 거친 스타일로 화면을 전개시켰다. 요즘 다큐멘터리 영상계의 대세는 '엽기'였다. 인터넷의 유행을 한 박자 늦게 따라가는 것이 이쪽의 생리였다. 두 번째로 발표된 작품은 복어에 관한 생태 다큐멘터리였는데, 복국 끓이는 가게들로부터 테러를 당할 거라는 농담이 들려올 만큼 복어의 독에 관해 여실히 분석해놓은 필름이었다.

나는 휴대폰을 꺼냈다. 전화번호부 목록에서 그의 이름을 검색하려다가 그만두었다. 배터리를 충분히 충전시킨 뒤 전화를 해도 늦지 않을 것 같았다.

다음날 저녁에 공모전 당선작들이 차례로 상영되었다. 우리 작품의 제작자와 제목이 스크린에 떠오르는 순간 너른 인천 바다의 중심에 선 듯한 희열이 온몸을 휘감았다. 상영이 끝나고 나서 가볍게 당선소감을 발표할 시간이 주어졌다. 나는 여느 당선자들처럼 심사위원들에게 감사를 전하고 부원들과 선배들, 그리고 촬영에 협조해준 그의 앞으로 영광을 돌렸다. 삼 일째 밤이 되어 축제는 절정에 이르렀다. 떠들썩한 분위기를 즐기다가 밤하늘을 올려다보았을 때, 달은 유난히 습하고 묽은 어둠 위를 항해하고 있었다.

그는 선물로 들고 간 목걸이를 맘에 들어했다. 그가 다큐멘터리는 언제쯤 볼 수 있냐고 물었다. 나는 비디오테이프를 깜빡 잊고 온 듯 미안한 표정을 지었다. 곧 주겠다며, 너무 바빴던 탓에 사전에 완성작을 보여주지 못한 것을 미안하게 생각한다고도 덧붙였다. 사실 작품은 홈페이지에 로그인만 한다면 당장이라도 볼 수 있었다.

그는 내 말에 의심의 여지를 보이지 않은 채 잇몸을 드러내며 웃었다. 애인의 물건들을 들여놓은 탓인지 집 안이 더욱 좁게 느껴졌다.

"상도 탔는데 나는 뭐 보너스 같은 거 없나?"

그가 슬쩍 내 눈치를 보며 눈웃음을 쳤다. 그는 애인과의 동거 생활을 비롯하여 업소의 변태 손님들에 대한 이야기를 늘어놓았다. 마침 휴대폰이 울렸기에, 나는 약속을 핑계로 자리에서 일어났다.

밤늦은 시각 케이블 채널에서 올해 영상축제의 각 부문 수상 작품들을 방영했다. 나는 불을 모두 끈 방 안에 앉아 맥주를 마시며 우리 팀의 작품을 시청했다.

다큐멘터리는 새벽 네시를 알리는 요란한 자명종 소리와 함께 시작되었다. 닭꼬치 사이사이에 꿰어둔 대파 조각처럼, 일상적인 모습 중간마다 인터뷰 내용이 끼어 전개되었다. 설거지를 하고 화장을 하는 그의 모습을 배경으로, 나와 그의 대화 소리가 깔렸다. 과거 이야기를 하는 그의 목소리는 시를 읊듯 몽롱하고 애잔하게 들려왔다. 감자탕집에서 그 모르게 녹음한 테이프를 편집한 것이었다.

채소를 제대로 씻지 않고 카레를 끓이는 모습에 이어 브래지어 끈을 보인 채 인터뷰하는 장면이 나오고 있었다. 화장기 없는 그의 얼굴은 사막처럼 메말라 보였다. 텔레비전의 화면을 통해 보니 그의 브래지어 끈은 때가 타 있는 듯 바래 보였다. 후배의 스커트 속을 향한 그의 야릇한 눈빛과 고무줄 바지 속에 묻힌 성기가 비상하려는 새처럼 솟아오르는 장면은 아주 짧게, 그러나 분명하게 스쳐갔다. 여장 남자들이 모자이크 처리되어 조각난 채로 비춰졌다. 양주잔이 날아오는 바람에 몰래카메라가 들어 있는 가방이 바닥에 떨어졌다. 셀프카메라처럼 불안정한 화면 속에는 두 여장 남자들이 싸우는 장면이 거꾸로 잡혀 촬영되었다. 업소 안의 불안한 기류가 여실히 담길 수 있었던 우연한 수확이었다.

아파트에서 가족이 이사간 사실을 알고 낙담하는 그의 표정이 잡혔을 때는 덩달아 속이 저려오는 기분까지 들었다.

엔딩크레디트가 올라가며 영화 〈헤드윅〉의 주제곡이 흘러나왔다. 화면 구석에는 그의 세미누드 사진 몇 장이 종잇장 넘어가듯 천천히 비춰졌다. 그러나 애인과 함께 해맑게 웃고 있는 사진은 첨부하지 않았다. 작품에 대한 총평에서는 잔인할 정도로 노골적이며 심도 있게 인물의 삶과 애환을 표현했다는 말이 나왔다.

그로부터 여러 통의 전화가 걸려왔으나 받지 못했다. 지원금을 보내준 선배들과 모여 저녁식사를 하고 있을 때 문자메시지가 도착했다.

'다큐멘터리 봤어요. 홈페이지 가보니까 볼 수 있길래. 잘못 나온 게 하나 있더라구, 내 이름 말이야. 모영욱이 아니라 '모영은'이거든.'

보름쯤 뒤에 그는 빌라를 떠났다. 나는 베란다 창문 너머로 짐을 실은 용달차를 바라보며, 언젠가 그가 에스트로겐을 병째로 맞을 수 있을 만큼 여유로워지기를 진심으로 바랐다.

캠퍼스 안에는 단풍이 하나 둘씩 떨어져가고 있었다. 기말고사 후 방학을 앞둔 학생들은 긴소매의 옷을 입고 가을의 차분한 낭만 속을 거닐었다.

나는 멋쩍게 앉아 수동카메라의 앵글을 바라보고 있었다. 플래시가 터질 때마다 나도 모르게 움칠거림과 동시에 입꼬리에 경련이 일었다. 전보다 깔끔해진 동아리실을 배경으로 부원들과 함께 단체 샷을 찍었다. 사진촬영을 마치자, 교내 신문의 기자는 노트북을 펼치고 인터뷰를 시작했다.

"촬영을 하면서 가장 어렵고 힘들었던 점은 뭐였지요?"

대답을 하기에 앞서 정우가 킬킬거리며 끼어들었다.

"뒷조사였죠, 뭐."

부원들이 웃어대자 기자는 영문도 모른 채 따라 웃었다. 나는 대답을 정정하여, 사실 재정적인 문제를 해결하는 것이 가장 힘들었다고 말했다. 기자는 빠르게 받아 입력했다.

"다음 작품 계획은 있으신가요?"

새로운 작품을 구상한 것은 없었다.

"······독거노인에 관한 주제를 다뤄볼까 생각중입니다."

기자는 고개를 끄덕였다. 그때, 누군가 동아리실의 문을 두드렸다. 여자 후배가 나가더니 택배를 받아왔다. 내 앞으로 배달된 소포였다. 도진석. 소포를 감싼 누런 종이 위에는 낯선 이름이 적혀 있었다. 운전면허 필기시험 문제들 같은 뻔한 질문으로 이루어진 인터뷰는 금방 끝났다.

어두운 빌라는 빈 우물 속처럼 고요했다. 우편함에는 냉기가 묻은 고지서들과 족발집 전단지가 끼워져 있었다. 가방을 던져놓고 부엌으로 향하던 나는 문득, 낮에 받은 소포를 떠올렸다. 배달 온 물건이 비디오테이프라는 것만 확인했을 뿐 잊어버리고 있었다. 소파에 앉아 원두커피를 마시며 비디오를 재생시켰다. 비디오는 구식의 기계음을 내며 화면을 띄웠다. 매우 질이 안 좋은 필름인 듯, 화면이 구겨진 종이처럼 우그러졌다. 빨리감기를 하던 나는 어느 순간 리모컨을 내려놓았다. 화면 속에 나타난 것은 남성의 알몸이었다. 골반이 유난히 불거진 몸은 의자에 엉덩이를 걸친 채 앉았다. 얼굴이 밝혀지지 않은 알몸을 볼 때면, 매번 아는 사람인 듯하면서도 한편으로는 심한 이질감이 느껴진다.

한 오라기의 거웃도 없는 사타구니가 짙게 그늘져 보였다. 손을 대면 묻어날 듯한 그늘 속으로 시들한 성기가 나와 있었다. 카메라를 들고 있는 쪽에서 무언가 부스럭거리는 잡음이 들려오더니 거무튀튀한 성기가 클로즈업되었다. 이내 다른 사내의 뒤통수가 등장했다. 사내는 길고 무거워 보이는 가위를 들고 있었다. 얼핏 보니 원단을 자르는 재단용 가위 같았다. 웅얼거리는 대화 소리가 들려왔다. 사내의 왼쪽 손이 성기를 잡아당겼다. 다른 손에 들려진 가위의 날이 굶주린 아가리처럼 벌어졌다. 그것은 순식간에 성기를 잘라냈다. 찢어질 듯한 비명소리가 필름을 뚫고 나와 고막을 긁어댔다. 나는 호흡이 정지된 채 움직일 수 없었다. 검붉은 피가 솟구쳤다. 다급한 손길이 카메라를 건드린 듯, 화면이 진동하며 카메라가 바닥으로 굴러떨어진 것을 알 수 있었다. 비명소리와 알아들을 수 없는 외침소리들을 배경으로 이리저리 채여 흔들리던 화면은 곧 암전되었다. 다시 사방이 정적에 잠겼다. 멍하니 화면을 바라보던 나는 메마른 구역질을 내뱉었다. 무언가가 목구멍으로 들어와 걸린 것 같았다. 가방 속에서 소포를 쌌던 종이를 꺼내 주소를 살펴보았다. 발송지인 경기도 지역에는 내가 아는 사람이 전혀 없었다. 도진석, 이라는 이름을 발음해보던 나는 급히 지갑을 꺼냈다. 지갑의 깊숙한 안쪽을 털어내자 각종 영수증과 명함 들 속에서 자줏빛 종이가 눈에 띄었다. 사진작가의 명함에는 도진석, 이라는 이름이 고딕체로 새겨져 있었다. 언젠가 빌라 단지 앞에서 그의 애인이라고 소개받았던 남자로부터 건네받은 것이었다.

　계속되는 헛구역질과 함께 몸속 깊숙한 곳에서 올라오는 한기를 느끼며 나는 소파 위에 쓰러지듯 몸을 뉘었다. 등에 깔린 리모컨의 버튼이 눌렸는지 비디오가 되감기기 시작했다.

외발자전거

사람들은 알까? 한밤중 불을 탁 켜면 그 밤의 어둠이 얼마나 아파하는지를.*

그는 둘도 없는 나의 공연 파트너였다. 우리 둘이 손을 맞잡으면 그야말로 불가능한 묘기가 없었다. 보드카를 입에 물었다가 뿜어 불길을 치솟게 만들기도 하고, 마주 서 작은 양주잔들을 주고받으며 저글링을 하기도 했으며, 내가 그의 두 손바닥 위에서 물구나무서기를 하고 올라선 채로 무대 위를 활보하기도 했다. 그와 나의 키를 합해야 우리는 비로소 정상인의 키높이가 되었

---

* 김혜순, 「쥐」 중에서.

다. 술에 흠뻑 젖은 손님들은 휘파람을 불고 환호하며 박수를 쳐 주었다. 그럴 때면 우리 둘은 재빨리 옆에 놓인 빈 자루를 집어들어 박수소리를 주워담는 시늉을 하였다. 코너가 끝날 무렵이면 무대 밑으로 내려와 외발자전거를 타고 테이블 사이를 돌아다녔는데, 눈치 빠른 손님들은 우리가 테이블 앞에서 익살을 부리는 동안 라임색과 연두색이 조합된 광대 옷의 앞주머니에 팁을 꽂아주곤 했다.

우리 콤비는 시내 변두리 업소들에서는 인기가 괜찮은 편이었다. 하룻밤 동안 적으면 두 곳, 많으면 네 군데까지도 공연을 뛰었다. 그와 나는 실상 무대 위에서와 달리 그리 사이가 원만하지는 못했다. 묘기를 구상할 때를(그래봤자 외국 서커스 비디오를 보고 베끼는 수준이었지만) 제외하고는 서로 대화를 나눈 적이 별로 없었다. 일상 속에서의 그는 매우 무뚝뚝하고 거친 사람이었다. 무엇이든 정돈되고 깨끗한 것을 좋아하는 내가 물수건으로 가방이라도 닦을라 치면 결벽증 환자 취급을 하며 가뜩이나 주름이 빽빽한 미간을 더욱 찌푸려 보였다. 그는 술과 담배를 매우 즐겼다. 이동하는 차 안에서도 끝없이 줄담배를 피워댔는데, 좁은 공간에 자욱이 깔린 연기가 관자놀이를 지근지근 눌러댈 때면 그와의 파트너 생활을 청산해버릴까 하는 충동이 불거지는 것을 애써 꾸역꾸역 밀어넣어야 했다. 가끔씩 그가 경직되어 있던 얼굴의 표정을 녹이고 헤픈 웃음을 띠는 때가 있었는데, 그런 날은 십 중팔구 그의 옷 주머니 속에서 흰 알약통이 발견되었다. 업소를 돌아다니다보면 각종 약물들을 은밀히 소개해주는 암거래꾼들을 쉽게 만날 수 있었다.

그해 겨울 나는 그와의 마지막 공연을 했다. 해가 거듭될수록 몸이 약해지던 그는 유난히 추위를 많이 탔다. 그는 떠나기 전날 밤 실없이 웃으며 입을 열었다.

"내가 젊을 적에 현우리라는 마을에 간 적이 있었는데, 거기 늙은 노파를 모시고 사는 여자애가 있었어. 거기서 보름쯤 지내 면서 그애랑 연애를 했거든. 뭐, 첫사랑이라고 해두 좋아. 그애가 손에 가득 따서 건넨 시큼한 개살구 맛이 그만이었지…… 요즘 들어 자꾸 그 맛이 그리워."

나는 그날의 공연을 끝내고 앞서 집으로 돌아왔다. 그는 테이 블에 불려가 날이 밝을 때까지 술을 마시고 나왔다고 한다. 진눈 깨비가 내리던 새벽이었다. 그는 인적이 드문 서늘한 거리에서 뺑소니를 당했다.

최고의 파트너이자 나의 아버지였던 그는 2003년 겨울, 그렇 게 떠났다.

공연 제의가 들어오지 않았다. 골방에 틀어박혀 낡은 공연도구들을 만지작거렸다. 간단한 눈속임 장치가 되어 있는 마술상자가 손에 잡혔다. 상자의 표면에 새겨진 푸른빛 바다와 갈매기 무늬를 쓰다듬다가 문득, 몇 년 동안 서울을 떠난 적이 없었다는 생각이 떠올랐다. 아버지가 죽은 후 특별한 경우가 아니면 밖에 나가지 않았다. 이제 익숙해질 만도 하건만 그가 없는 무대는 생각한 것보다 높아 보였고 거리는 너무 밝았다. 무의식중에 요술상자 귀퉁이에 삐죽이 튀어나온 붉은 천 자락을 잡아당겼다. 용수철 소리와 함께 부연 깃털들이 상자 밖으로 튀어올랐다. 얼핏 몽환적인 안개 효과를 내며 가라앉는 깃털들은 손때에 절어 잿빛을 띠고 있었다. 지린내를 풍기는 눅눅한 깃털들 속에 누워 있던 나는, 바다에 가보기로 했다.

날씨는 매일같이 최저 수은주를 기록했지만 하늘은 목구멍에 무언가 걸린 것처럼 침침한 얼굴을 하고 있을 뿐 시원스레 눈 한 번 쏟아내지 못했다. 여행가방은 내 키의 반을 차지했다. 민박집에 도착해 가방을 풀어놓고 나서야 쓸데없는 것들을 너무 많이 넣어들고 온 것이 아닌가 하는 생각이 들었다. 카메라만 해도 폴라로이드와 필름카메라를 두 개 다 들고 올 필요가 없지 않았나 싶었다. 창문을 열어젖히자 한창 밀물이 들어찬 바다가 드러났다. 십여 척의 어선이 부두에 묶인 채로 옷자락을 잡혀 이승을 떠나지 못하는 그림자들처럼 출렁이고 있었다. 나는 속옷 속에 묻어두었던 폴라로이드를 꺼내 창밖의 풍경을 찍었다. 암전된 듯 검은 폴라로이드 필름 위로 서서히 푸른 배경이 드러나기 시작했다.

여자라는 존재를 떠올리면 두 가지의 이미지가 스치고 지나갔다. 여덟 살 때 내 손에 과자봉지를 쥐여주고 돌아서 가던 어머니의 스커트 자락, 그리고 미스 리의 구두 밑으로 지분지분 밟히던 노란 은행잎. 그때 마지막으로 보았던 어머니의 모습은 떠올리기가 무섭게 그 잔영의 테두리가 희미하게 일렁거리다 지워져버리곤 했지만, 둥지다방 미스 리의 구두 굽에 붙어 있던 노란 은행잎은 내 머릿속에서 빙글빙글 맴돌다가 매번 은근슬쩍 사타구니께로 떨어졌다.

선창가 어시장에서 그 여자를 발견한 것은 민박 사흘째 되던 날이었다. 겨울인데도 맨발에 보라색 슬리퍼를 신은 여자는 자기 발에 차인 양동이에서 굵은 생선들이 쏟아져 퍼덕거리는 것을 신기한 듯 내려다보고 있었다. 주인여자가 허둥지둥 생선들을 양동이에 쓸어담고 바닷물을 퍼넣었다. 주인여자가 연신 목덜미며 팔뚝을 꼬집어대고 욕지거리를 내뱉었지만 여자는 좌판을 기웃거리며 떠나지 않았다. 여자는 바닥에 떨어져 있는 게의 집게발이나 미역줄기 따위를 주물럭거리며 웃어댔다.

여자를 방파제 쪽으로 유인해내는 것은 그리 어려운 일이 아니었다. 산오징어 몇 점을 집어주자 입맛을 다시며 내 뒤를 계속 쫓아왔다. 여자는 나보다 두 뼘 정도가 컸다. 해가 질 즈음 우리는 민박집까지 함께 오게 되었다. 처음에는 펄쩍 뛰던 여주인은 내가 준 적잖은 돈을 챙기고는 여자를 씻겨주었다. 그러면서, 여자가 떠돌아다니기는 해도 아주 미친 게 아니라 그저 지능이 좀 모자랄 뿐이라는 말을 누차 되풀이했다. 그네의 눈치를 보니 여자와 내가 그림이 된다고 생각하는 것 같았다. 여자는 밤새도록 다리를 모아세우고 앉아 방 한가운데를 지키고 있었다. 두서없는 말들을 늘어놓다가도 별안간 입을 다물고는 새로 갈아입힌 옷을 긁어대며 방 안을 두리번거렸고, 내 가방에서 나온 물건들을 유심히 살피며 키득거리기도 했다. 내가 졸기 시작하자 여자는 좀더 가까이 다가오더니 어눌한 발음으로 사뭇 진지하게 광어와 도다리의 구분법에 대해 설명하기 시작했다.

서울로 올라오는 기차 안에서 여자는 내 옆자리에 곤히 잠들어 있었다. 여자는 동네를 휘젓고 다녔지만 집을 떠나지는 않았다. 그녀는 보름도 안 되어 나 못지않은 동네의 명물이 되었다.

중국에서 넘어왔다는 훈련된 구관조 한 마리를 샀다. 구관조는 가르치는 말들을 금방 익혔지만 감정의 기복이 너무 심했다. 내키지 않을 때는 머리를 어깨에 묻은 채로 꼼짝도 하지 않았다. 업소의 실장은 여가수와 함께 콤비로 한 타임 더 뛰어보지 않겠냐고 제의를 해왔다. 여가수가 노래를 부르는 동안 외발자전거를 타고 주위를 돌며 노래의 가사를 패러디한 묘기를 펼쳐 보이면 된다는 것이었다. 그런 보조프로를 해준 게 알려지면 이 세계에서 나만의 프로는 끝장난다. 그 생리를 모르지 않을 실장의 제의는 배려가 아닌 명백한 무시였다. 나는 불쾌한 표정으로 고개를 저었다. 한창 상승세를 보이고 있는 여가수는 아니꼽다는 눈초리로 나를 내려다보았다.

여자는 된장찌개를 좋아했다. 특히 큼직하게 썰어넣은 호박과 감자는 허겁지겁 떠서 밥그릇에 모아두기까지 하며 먹었다. 여자는 놀라울 만큼 식성이 늘었고, 처음 만났을 때보다 보얗게 살집이 붙었다. 옆집에는 넥타이 공장에 다니는 남자가 살았다. 여자는 미용고등학교에 다니는 남자의 딸과 친해진 듯했다. 하루는 여자의 부석부석한 머리칼 끄트머리가 노랗게 탈색되어 있었다. 내가 미간을 찌푸렸지만, 소녀는 내 표정 따위는 아랑곳없다는 듯 짧은 교복치마 밑으로 상처투성이 다리를 긁적이며 구관조의 새장을 툭툭 건드리다가 돌아갔다.

병신. 병신. 구관조는 목을 쳐들고 노래하듯 반복했다. 나는 새장을 화장실에 넣고 불을 꺼버렸다.

밤늦게 돌아왔을 때 집은 비어 있었다. 근처 갈 만한 곳을 찾아보았으나 보이지 않았다.

어디선가 그녀의 웃음소리가 들려왔다. 여자가 종종걸음으로 옆집 대문을 열고 나왔다. 나를 발견한 여자는 놀라는 눈빛이었지만 이내 실쭉거리는 웃음을 흘리며 내 곁을 스쳐 집 안으로 들어갔다. 우두커니 서 있던 나는 길이 얼어붙은 대문 앞에 연탄재를 부수어 뿌렸다. 골목 밑에서 옆집 소녀가 비틀거리며 올라왔다. 가로등에 비치는 소녀의 입김이 새벽공기를 가르며 뭉실뭉실 피어올랐다. 소녀에게 대문을 열어주다 나와 눈이 마주친 옆집 남자는 어색한 표정을 지으며 고개를 돌렸다.

공연을 마치고 소품을 옮기고 있는데 한 테이블에서 콜이 들어왔다. 꽤 취한 듯 보이는 안경 쓴 중년의 사내는 이마가 유난히 번들거렸다. 그의 한쪽 팔에 허리를 묻은 비슷한 나잇대의 여인은 무료한 듯 손끝으로 땅콩껍질을 문질러 까고 있었다. 유리접시 한가득 껍질만 까놓을 뿐 먹지는 않았다. 사내는 팁을 주머니에 찔러주고는, 안주로 나온 귤을 가리키며 저글링을 주문했다.

"내가 블라디보스토크의 한 마을에 간 적이 있었단 말야. 거기서는 연인이 이별을 할 때, 한쪽이 다른 한 사람의 발뒤꿈치를 밟더라구. 그러니 발을 밟으면 헤어지자는 뜻으로 알아먹어야지. 그게 뭐시냐 하면, 상대방 그림자의 일부를 떼어 가진다는 뜻이래.

좋게, 좋게 추억을 나누고 끝내자, 난 너를 기억하겠다, 뭐 이런 거지. 근데 니가 아까 스텝 꺾다가 내 발을 밟았단 말이야……"

사내는 나를 세워둔 사실조차 잊은 듯, 깐죽대는 투로 여인을 향해 떠들어대기 바빴다. 여인은 더이상 깔 땅콩이 없어지자, 오징어의 껍질을 벗기기 시작했다. 나는 슬그머니 귤을 내려놓고 사내가 따라주었던 술을 들이켰다. 대기실로 향하는데 뒤통수에 무언가가 날아와 둔탁하게 부딪쳤다. 사내가 비실거리며 웃어대고 있었다.

구관조는 맛살을 좋아했다. 여자는 새장 앞에 앉아 맛살을 잘라 들이밀었다. 여자는 소녀에게 내가 사준 루주를 주고 싸구려 팔찌를 받아왔다. 소녀는 여자의 손톱에 매니큐어를 칠해주고 눈썹을 다듬어주었다. 여자는 늘 웃는 얼굴이었다. 잠들었을 때도 웃는 얼굴인가 싶어 자는 모습을 오랫동안 들여다보기도 했다.

문을 두드리는 소리에 잠에서 깨어났다. 정오의 햇살이 좁은 창문을 통해 쏟아지고 있었다. 겨울볕 속에서 온몸이 한 줌의 모래가 되어버릴 듯 나른했다. 문을 열어주자마자 옆집 소녀는 다짜고짜 여자의 행방을 물어왔다. 소녀의 팔에 이끌려 옆집으로 따라갔을 때, 남자는 방바닥에 널브러져 있었다. 나는 장판 위에 고인 검붉은 늪을 바라보았다. 방바닥에는 도자기가 산산조각이 난 채로 흩어져 있고, 문턱과 대문에 걸쳐 여자의 슬리퍼 두 짝이 나뒹굴고 있었다. 반쯤 쥐여진 남자의 손 안에서 얼핏 낯익은 자주색 단추가 보였다.

여자를 발견한 곳은 골목 꼭대기의 공터였다. 여자는 떨리는 손으로 치마폭에 담배꽁초를 주워담고 있었다. 여자는 멍하니 바라보고 있는 내게 다가와 입에 담배꽁초를 하나 물려주었다. 잠시 후 뒤따라 올라온 소녀는 여자의 뺨을 때리며 울부짖었다. 형사가 턱짓을 하자 경찰들이 여자에게 수갑을 채워 차로 연행하려 했다. 순간 여자가 괴성을 지르기 시작했다. 여자는 나를 향해 손을 뻗쳤고, 나는 있는 힘껏 여자의 손을 잡아 끌어당겼다. 겁에 질린 여자의 충혈된 눈에 붉은 실뿌리들이 불거졌다. 누군가가 떠미는 바람에 나는 골목의 시멘트 바닥 위로 나동그라졌다. 경찰들이 여자를 들어올리자, 맨발이 공중에서 버둥거렸다.

도자기 조각에서 여자의 지문이 검출되었다고 했다. 연행되어 간 지 삼 일째, 여자는 정신상태를 체크하는 담당의의 집요한 추궁을 받다 말고 창밖으로 뛰어내렸다. 형사는 순식간에 벌어진 일인 걸 도리가 있었겠느냐며 내게 도리어 성을 냈다.

가느다란 빗줄기가 내리치는 날이었다. 여자의 유골상자를 들고 택시를 잡아탔다. 삼십대 중반쯤으로 보이는 운전기사는 볼륨을 높인 카오디오에서 흘러나오는 트로트 메들리에 맞추어 콧노

래를 흥얼거렸다. 나는 도로를 달리는 도중 두 차례나 행선지를
바꾸었다. 해가 질 무렵 기사는 길모퉁이에 차를 세우고 오줌을
누었다. 무심코 보자기에 싸인 상자를 본 그가 욕지거리를 뱉으
며 나를 끌어내렸다. 택시가 떠난 뒤 바닥에 굴러떨어진 유골상
자를 주워들었다. 비가 그친 하늘 위로 석양이 지고 있었다. 세상
은 비스듬히 기울어져 있는 모양인지 하늘 한편의 석양빛이 유난
히 짙었다.

　골목 밖에 내놓은 옆집 이삿짐은 트럭 화물칸의 반도 채 차지
하지 못했다. 소녀는 차에 올라타려다 말고 나를 돌아보았다. 소
녀의 입가에 의미를 알 수 없는 미소가 만들어져 있었다.

　인생은 아름다워, 아름다워. 나는 새장 가까이에 댔던 마이크
를 떼고는 어깨를 으쓱해 보였다. 멍청이, 멍청이. 구관조는 날개
를 푸드덕거리며 읊조렸다. 내가 요란스레 몸부림을 치며 새장을
향해 방귀 뀌는 시늉을 했다. 구려, 구려. 무대 밑에서 웃음소리
와 박수소리가 뒤엉켰다. 대기실에 들어가자 신참 웨이터 짱구가
다가와 신기하다는 듯 구관조를 들여다보았다. 구관조는 온갖 종
류의 욕을 기억해 흉내를 냈다. 짱구가 구관조를 향해 사랑해, 라
고 말했지만 구관조는 부리를 다문 채 아무런 반응도 하지 않았
다. 짱구가 이마를 긁적이며 내게 물었다.

"형, 나 이거 잠시만 빌려줌 안 되나? 한잔 멋지게 살게."

짱구는 사귀고 있는 여자애에게 프러포즈를 하는 데에 구관조를 이용하고 싶다고 말했다. 여자애의 뱃속에 있는 아기가 며칠 뒤면 벌써 이 개월이라고 했다. 거절하는 나를 향해 짱구가 귀염성 있는 말재간을 부려댔다. 결국, 공연이 일찍 끝나는 날 업소에서 멀지 않은 곳에 빌려가는 조건으로 허락해주었다. 그 이후로 짱구는 틈틈이 새장 옆에 붙어서서 구관조에게 말을 가르쳤는데, 새가 사랑해, 라는 말을 도통 받아뇌지 않으니까 포기하고 결혼해줘, 로 대사를 바꾸었다. 구관조는 짱구가 들이미는 반건조 오징어를 납죽납죽 받아먹으며 이따금씩 큰 인심이라도 쓰듯 '결혼해줘' '너밖에 없어' 따위의 말을 내뱉었다.

아버지는 '왜'라는 단어를 싫어했다. 세상사를 따지는 것은 배부른 놈들이나 하는 짓이라고 했다. 그는 주름진 구두를 발끝에 낀 채로 까닥거리며, 우리네의 삶은 짧은 키로 보이는 만큼만 보려고 해야 버텨나갈 수 있다고 내게 가르쳤다.

그날은 유난히 실수가 많았다. 벨트에 매달린 풍선들이 제때 터져주지 않았고, 굴렁쇠는 제멋대로 굴러가 무대 아래로 떨어졌다. 실장은 육두문자를 씹어대며 나를 한 대 칠 듯한 기세로 노려보았다. 공연이 끝난 후 짱구는 구관조를 빌려갔다. 새장을 들고 유흥가 골목을 빠져나가는 정장을 한 그의 뒷모습은 누가 봐도 이십대의 평범한 회사원이었다. 나는 근처 호프집에서 그를 기다리기로 했다. 전원이 꺼져 있는 그의 휴대폰에 수차례 전화를 걸어대다가 자정이 넘어서야 집으로 돌아왔다.

동네 어린아이들은 솥뚜껑만한 책가방을 짊어지고 하교중이었다. 나를 발견한 아이 중 한 명이 소리를 지르며 달리기 시작하자 아이들 서넛이 그 뒤를 따라 도망치듯 스쳐가며 낄낄거렸다. 그들 뒤에서 실내화주머니를 흔들며 걸어오던 여자아이가 제법 어른스러운 티를 내며 제 친구들 무리를 흘겨보았다. 언젠가 여자에게 실뜨기를 가르쳐주었던, 같은 골목의 아이였다.

"아줌마는 잘 있어요?"

사귐성 좋게 묻고 난 아이는 잠시 뜸을 들인 뒤, 여자가 감옥에서 언제 나오느냐고 물었다. 아무런 반응이 없는 나에게 멋쩍은 듯 아이는 한숨을 내쉬며 어깨를 으쓱했다.

"회주 언니가 나빴어요. 아줌마를 맨날, 부하처럼 부려먹고…… 자기 말 안 듣는다고 아줌마 때리는 것도 내가 본 적 있는걸요……"

아이는 딱하다는 눈으로 나를 훑어보았다. 어깨 너머로 늘어뜨린 아이의 부스스한 머리칼이 쌀쌀한 초봄바람에 나부꼈다.

구관조는 새장에 거꾸로 매달려 있었다. 짱구는 짜증이 잔뜩 엉긴 얼굴로 새장을 걷어찼다. 박쥐처럼 매달린 채로 주위를 두리번거리는 구관조를 살펴보던 나는 짱구의 멱살을 움켜쥐었다. 놈은 나를 밀쳐 내동댕이쳤다. 이 새끼가 자꾸 쓰레기 같은 소리만 지껄여대잖아. 짱구가 새장을 향해 눈을 부라리며 말했다. 구관조는 정신이 반쯤 나가버린 듯 좀처럼 바로 설 기미를 보이지 않았다. 씨팔, 그년이 나 몰래 애를 지웠어. 짱구가 돌아간 후에도 구관조는 종일 아무것도 먹지 않았다.

버스는 낯선 정류장에서 멈췄다. 나는 차에서 내리며 벙거지 모자를 더욱 깊이 눌러썼다. 종이에 적힌 주소를 찾아가는 것은 별로 어려운 일이 아니었다. 낡은 빌라 앞의 담벼락 위로 만개한 개나리덤불이 쏟아질 듯 뒤엉켜 있었다. 초인종을 누르자 개 짖는 소리가 들리더니 이내 머리칼 가득 파마집게를 꽂은 사십대의 여자가 나타났다. 여자는 문틈으로 빠져나오려는 강아지를 발로 차넣으며 황당하다는 듯한 얼굴로 나를 훑어보았다. 잠시 후 추리닝 차림의 소녀가 자다 일어난 얼굴로 모습을 드러냈다.
빌라 뒤쪽의 잡다한 가재도구 더미 속에 녹슨 세발자전거 한 대가 엎어져 있었다. 나는 중국집 스티커들이 겹겹이 붙은 벤치 위에 걸터앉고 소녀는 주머니에 손을 찔러넣은 채로 비스듬히 서서 나를 내려다보았다. 슬리퍼 밖으로 드러난 발톱의 노란색 페디큐어가 반쯤 벗겨져 있었다.

"부르기만 하면 히죽거리며 오던 게 그날따라 말을 안 들으니까 아빠도 짜증났겠지. 진짜 난 잘못 없어. 구라 안 치고, 정말 용돈 몇 푼 받고 좋아서 대문 앞에 쭈그리고 앉아 있었던 게 다야. 문 열어달라고 소릴 질렀다구? 니미 알 게 뭐야, 난 이어폰 끼고 있어서 못 들었다구."

소녀는 물음을 회피라도 하려는 듯 내가 묻지도 않은 말을 주절거렸다. 이모네 집에 살고 있다고 했다. 학교에서 미용실에 취직을 시켜주었지만 남자 원장이 질퍽대는 바람에 때려치웠다는 말과 함께 다음주부터 다른 미용실에 실습을 나간다는 말을 꺼내며, 소녀는 주머니에서 담뱃갑을 꺼냈다. 더이상 할 말이 떠오르지 않았다. 끊어진 줄넘기의 손잡이를 쥐고 뜀뛰기를 하는 기분이었다.

"아저씬 요즘 혼자 있어서 몸이 근질근질하겠네?"

소녀가 검지로 담배꽁초를 튕겼다.

작고 흰 귀는 소라고둥을 닮았다. 귓속의 연한 뼈들이 그려낸 무늬와 유연한 곡선을 내려다보던 나는 몸을 기울여 누워 있는 소녀의 귀에 내 귀를 갖다대어보았다. 동굴 속에서는 희미한 파도 소리가 들려오는 것 같았다. 소녀는 성가시다는 듯 나를 밀어냈다. 나리꽃을 닮은 꽃이 새겨진 이불에서는 비 온 뒤의 눅눅한 곰팡이 냄새와 비린내가 풍겼다. 소녀는 노래를 흥얼거리며 욕실로 들어갔다. 욕조 바닥을 때리는 물줄기 소리를 들으며 나는 바닥에 널브러진 옷가지들을 챙겨입었다. 소녀가 내게 받자마자 재빨리 베개 밑에 집어넣었던 지폐 몇 장이 눈에 들어왔다. 소녀는 욕실에서 혼잣말처럼 떠들어댔다. 디오씨 노래 중에 〈일과 이분의 일〉이라는 노래가 있거든. 그거 들어봐요. 꼭 지금 아저씨랑 내 얘기 같애.

소녀는 비누칠을 하는지 샤워기를 끄고는 랩을 외기 시작했다. 소녀의 손가방에서 찾아낸 루주로 거울 위에 글씨를 새겼다.

$1 + 1 = 1 = 1/2 + 1/2$

$1 - 1/2 =$

루주를 손에 쥔 채 잠시 망설이던 나는 점퍼를 집어들었다.

구관조는 내가 보지 않을 때에만 먹이를 먹었다. 거꾸로 매달려 있지는 않았지만 계속 철창 사이를 부산스럽게 옮겨 걸어다니며 알 수 없는 소리를 냈고, 정신 사납게 머리를 털어대기도 했다. 새는 이제 더이상 무대에 데리고 설 수도 없는 애물단지였다.

공연을 앞두고 낯익은 단골손님이 나를 불렀다. 손님이 내민

양주가 다른 때와 달리 부드럽게 목구멍을 타고 내려갔다. 나 같은 존재와의 친분도 그들에게는 자랑거리가 된다는 데 이제는 익숙해져 있었다. 잠시 후 사회자가 내 등장을 알렸고, 무대 뒤에서 대기하고 있던 나는 소품들을 챙겨들고 조명 속으로 걸어들어갔다. 여느 때처럼 익살스러운 표정을 띠며 무사히 묘기들을 마치고는 마지막 순서로 불쇼만을 남겨두고 있을 때였다. 사회자의 과장된 설명을 뒤로하고 독한 보드카를 입에 머금었다. 검지와 중지 사이에 얇은 나무판을 끼우고 라이터로 불을 붙였다. 불꽃이 붙는 것을 확인하고 입에 머금은 술을 뱉어내려는 순간, 가벼운 어지러움을 느꼈다. 정신을 가다듬고 무대 밑을 내려다보았을 때, 내 눈에 비친 광경은 정말이지 가관이었다. 홀 안에 있는 모든 사람들이 짧은 몸에 비해 비대한 머리를 가진 나와 다를 바 없는 반토막짜리 모습을 하고 있었다. 땅딸막한 그들은 낄낄거리며 술잔을 홀짝이거나 파트너의 몸을 주물럭거렸으며, 호기심을 띤 눈으로 나를 올려다보고 있었다. 짧은 다리로 궁둥이를 실룩거리며 안주접시를 받쳐들고 무대 앞을 지나가는 짱구가 보였다. 무엇보다 우스운 것은 자신들의 변해버린 모습을 전혀 느끼지 못한 채로, 아직도 나를 향해 약간의 우월감과 거만함이 뒤섞인 느끼한 시선들을 보내고 있다는 사실이었다. 당황한 웨이터들이 뒤뚱대며 무대 위로 올라와 억지로 끌어내릴 때까지 나는 배를 움켜

쥔 채로 바닥을 뒹굴며 웃어대고 있었다. 스스로도 낯설 만큼 요란한 웃음소리와 함께 눈물까지 찔끔찔끔 배어나왔다. 테이블에서 들려오는 욕지거리, 홀 좌석들 뒤로 머리통만 보이는 실장의 뚱침이라도 맞은 듯한 얼굴 표정조차 마냥 우스꽝스러울 뿐이었다. 보드카를 그대로 삼켜버린 입 안은 마치 안에서 폭죽이 터진 듯 얼얼했다. 분장실로 끌려가서도 여전히 허리를 펴지 못하며 웃는 나를 바라보던 그들은 결국 뒷문을 통해 내 몸뚱이를 업소 바깥으로 던져냈다. 집으로 가는 길에도 상황은 달라지지 않았다. 마지막 손님들을 낚아가기 위해 아직 거리를 배회하고 있는 낯익은 삐끼들, 오토바이를 몰고 달리는 고등학생들, 오가는 사람들은 모두 하나같이 반토막들이었다.

알선업체에서는 나를 피하는 듯했다. 내가 약을 복용한다는 소문이 도는 것 같았다. 짜증이 쌓여가는데 이사온 지 얼마 안 된 옆집 노파는 문 앞에 온갖 고철덩어리들을 잔뜩 쌓아두어 골목길을 좁혀놓았다. 잔뜩 벼르고 있던 어느 날 고장난 선풍기에 발이 걸려 넘어진 것을 계기로 노파와 언성을 높여 다투게 되었다. 노파는 입에서 오래 묵은 된장 냄새를 풍기며 삿대질을 해댔고 나는 질세라 고철덩어리들을 발로 걷어찼다. 좀처럼 다른 사람들과 충돌해본 적이 없던 나는 싸움도 일종의 소통이 될 수 있다는 것을 깨달았다.

소녀는 폴라로이드 사진기를 만지작거렸다. 창문 너머로 내리
쬔 볕이 소녀의 작은 어깨를 핥았다. 소녀가 무턱대고 셔터를 눌
러대는 카메라 렌즈를 피해 돌아누웠다. 소녀는 문갑 속에서 앨
범을 찾아냈다. 소녀가 앨범 첫 장의 얇은 비닐 속에서 뽑아든 것
은 여자의 사진이었다. 여자는 방파제의 시멘트덩어리 위에 앉아
웃고 있었다.

"아저씨 이때 땡잡았다 싶었지? 여자가 공짜로 굴러들어오
고…… 나도 사실 그 여자 덕 많이 봤는데…… 아빠 손찌검도 줄
어들게 해주고."

소녀가 드러누워 사진을 흔들며 말했다. 밥을 먹고, 이불을 몸
에 돌돌 말고, 함박웃음을 짓고, 선물한 루주를 바르는 여자의
모습들이 페이지를 넘기는 소녀의 무심한 손길 너머로 스쳐 지
나갔다.

"그 여자는 이제 잊어버려, 애초부터 아저씨 둥지에는 살 수
없는 사람이었다고."

나는 여자의 무릎을 베고 누워 라디오를 듣는 것이 좋았다. 마
당에 끌리는 어머니의 고무슬리퍼 소리, 햇볕과 함께 속눈썹 위
로 엉겨드는 나른한 졸음, 툇마루 구석에서 공연 소품들을 꺼내

마른걸레로 정성껏 닦고 있는 아버지의 모습이 떠올랐다. 카드마술을 할 때 양복 소매에서 튀어나오곤 하던 흰 비둘기는 아버지가 가장 아끼는 것이었다. 여자의 무릎은, 어머니가 아버지 몰래 쓰다듬어보라고 꺼내준 흰 비둘기를 조심스레 손 안에 품었을 때의 느낌과 같았다.

소녀는 폴라로이드 사진기를 자신의 배낭에 챙겨넣었다. 벗어놓은 바지 주머니에서 라이터를 꺼내든 소녀는 발가락으로 나를 툭툭 쳤다.

"다시 찾아봐 아저씨. 누구나 서로 가진 걸 거래해서 못 가진 걸 채우며 살잖아. 물론, 거래가 잘못될 때도 있겠지. 그 여자나 우리 아빠, 아저씨처럼 말이야. 나? 나는 그래도 잘되고 있다고 생각해. 아직까지는 어른들처럼 바보 같은 계산은 안 하니까."

소녀가 돌아가고 난 뒤 담요 위에 떨어져 있는 폴라로이드 사진 몇 장이 눈에 들어왔다. 팔로 얼굴을 가린 내 사진과 소녀가 팔을 길게 뻗은 채로 셔터를 눌러 자기 모습을 찍어놓은 것들이었다. 큼직하게 찍힌 웃는 얼굴 뒤쪽으로 흩어진 옷가지들과 납작한 가방이 팽개쳐져 있었다.

구관조를 팔아보려고 했지만 장사꾼은 새가 심한 정서불안 증상을 보인다는 이유로 터무니없이 낮은 가격을 제시했다. 녀석은 철창 옆면에 매달린 채 시키지도 않은 욕을 해댔다.

새를 방에 풀어놓고 새장을 청소하기 시작했다. 호스에서 뿜어져나온 물줄기가 새장 구석구석을 씻어내리는 동안 녀석은 부산스럽게 방바닥을 맴돌며 날갯짓을 해댔다. 모이통과 바닥에 붙어굳은 배설물까지 깨끗이 닦아내고 방으로 들어갔을 때, 구관조가 보이지 않았다. 방 안을 두리번거리던 나는 활짝 열려 있는 창문을 발견했다.

"그거 저리로 날아갔어요. 잡으려다가 무서워서 냅뒀는데……"

무르팍이 새까만 아이는 골목 위쪽을 가리키며 말했다. 골목 위 공터에는 한 노인이 쪼그리고 앉아 있었다. 신기하다는 듯 바라보는 노인의 발치에서 구관조가 낮게 날아오르다가 다시 내려앉기를 반복하고 있었다. 구관조는 호들갑스럽게 공터를 뛰어다니다가 나를 발견하고는 푸드득거리며 반가움을 표시했다. 병신, 병신…… 녀석은 순순히 손아귀로 들어왔다.

창환 형의 전화가 걸려온 것은 일요일 저녁이었다. 그는 내게 부산으로 가보지 않겠느냐고 했다.

소녀는 내 머리칼에 골고루 염색약을 발랐다. 붓처럼 생긴 미용도구가 두피를 얼핏 스칠 때마다 염색약의 차가운 기운에 어깨가 움츠러들었다. 미용실은 분주했다. 소녀는 자리가 없다는 핑계로 문 앞에서 나를 돌려보내려 했지만 원장은 들어와서 조금만 기다리라고 했다. 염색약을 다 발라준 소녀는 빗자루를 들고 바닥의 머리칼을 쓸어냈다. 지푸라기처럼 쌓여 있는 머리칼들을 보고 있노라니 문득, 아홉 살 무렵에 교과서 속에서 보았던 흑백 삽화가 떠올랐다. 마을 사람들의 보물을 훔쳐 호숫가에 쌓아 불을 붙이고는 모닥불 주변을 맴돌며 노래하는 난쟁이의 그림이었다. 삽화를 보고 이야기를 만들어보라는 문제였다. 그때만 해도 나는 키가 계속 클 것이라 믿고 있었기에, 머릿속에 퍼뜩 떠오른 것은 아버지의 모습뿐이었다.

소녀 대신 다른 어시스턴트가 다가와 염색상태를 살펴보았다. 샤워기의 물 온도를 맞춘 어시스턴트는 마른 수건을 내 얼굴에 얹고 익숙한 손동작으로 머리를 감겼다. 십대 후반쯤으로 보이는 그녀는 피부에 보얗게 스며든 화장 때문인지 소녀보다 얼굴빛이 훨씬 환해 보였다. 그녀는 호기심과 명랑함이 섞인 콧소리로 내게 물었다.

"염색 한 번도 안 해봤나봐? 모발이 건강하네요."

가느다랗고 시원한 손끝이 물기 묻은 머리칼을 흐트러뜨리듯 헤집으며 염색 정도를 확인했다.

"무슨 일 해요? 아저씨 같은 사람들이 은근히 잡기에 능하더라. 예전에 아저씨 같은 사람 보니까 하모니카를 기똥차게 불던

데."

소녀가 빨대 꽂은 요구르트를 내 앞에 내려놓았다. 어시스턴트가 소녀와 나를 번갈아 보며 둘이 아는 사이냐고 물어왔다. 소녀가 어시스턴트를 향해 욕지거리 내뱉는 입모양을 했고, 어시스턴트는 어깨를 으쓱하며 혀를 내밀어 보였다. 소녀의 걷어붙인 두 팔에 멍자국처럼 염색약이 얼룩져 있었다. 소녀가 멀어지고 나자 어시스턴트는 못마땅한 표정으로 중얼거렸다. 주제에 차별은…… 남자 손님만 보면 환장을 하는 게.

소녀의 집 문 앞에는 중국집과 피자집의 전단지들이 지저분하게 흩어져 있었다. 바닥에 새장을 내려놓고 잠시 머뭇거리다가 초인종을 눌렀다. 구관조는 재빨리 초인종 소리를 흉내냈다. 안에서 인기척이 들려왔다. 나는 놈을 내버려둔 채 부리나케 계단을 통해 한 층 밑으로 내려왔다. 계단 난간 사이로 슬그머니 위쪽을 올려다보았다. 소녀는 새장을 물끄러미 내려다보고 있었다. 구관조의 불안한 날갯짓 소리가 울려왔다. 소녀가 발끝으로 새장을 밀어냈다.

너밖에 없어…… 너밖에…… 아름다워, 인생은, 아름다워. 사랑해……

구관조는 다급하게 말들을 뱉어냈다. 나는 발소리를 죽여 계단을 내려왔다. 어두운 빌라 단지에는 초여름의 비릿한 풀냄새가 풍겼다.

매니저는 억양이 강한 부산 사투리를 썼다. 그는 나를 위아래로 훑어보더니 쩟, 입맛을 다셨다. 좀더 작을 줄 알았는데…… 그의 혼잣말을 뒤로하고 무대 위로 올라갔다. 시큰둥하게 묘기를 관람하는 매니저와 달리 영업 전 세팅상태를 점검하던 웨이터들은 다소 흥미로운 눈길을 주었다. 매니저가 그만 내려오라는 손짓을 보였다. 그는 무대 구석 쪽에 서 있던 웨이터를 불렀다.

젊은 여가수의 탄력을 머금은 구성진 목소리가 실내를 울린다. 화려한 조명 속에서 몸매가 드러나는 붉은 의상 차림의 여가수는 이제 막 벌어지기 시작한 열매 속의 눈부신 석류 알맹이 같다. 절절한 음악이 정점에 다다르는 순간, 반주는 흥겨운 리듬으로 변하고 이내 흥겨운 뽕짝 메들리로 곡이 바뀐다. 무대 뒤에서 외발자전거를 타고 기다리던 나는 재빨리 페달을 밟아 무대로 나간다. 사람들의 웃음소리가 터져나온다. 참으로 오랜만에 듣는 그 반응에 나는 손에 든 풍선을 이마로 툭툭 치며 노래를 부르고 있는 여가수에게 다가간다. 여가수는 내가 건네는 풍선을 거절하는 척 여러 번 튕겨내고, 나는 외발자전거로 여가수 주변을 맴돌며 어깨를 으쓱거린다. 내가 어떤 표정을 지어도 나의 얼굴은 감쪽같이 웃고 있다. 입과 눈가를 길게 늘여 칠한 분장용 물감에서는 플라스틱 냄새가 났다. 매니저는 꽤나 만족스러운 얼굴로 공연을 바라보고 있다. 음악은 점점 무르익고 스테이지에 나와 몸을 흔들어대는 손님들의 흥이 실내를 뜨겁게 달군다. 여가수는 나를 향해 몸을 살짝 비틀며 윙크를 보낸다. 그녀의 목걸이에서 반사된 눈부신 빛에 눈을 감는 순간, 푸드득거리며 귓가를 스쳐가는 새의 날갯짓 소리가 들린다. 나는 새 풍선을 꺼내 불며 눈을 깜빡인다.

그것이 흰 비둘기였는지 구관조였는지를 생각하는 동안 음악은 한번 더 바뀐다.

오토바이 한 대와 함께 날카로운 바람이 머리를 거칠게 헤치고 지나간다. 지난밤 누군가 술김에 갈겨놓았을 오줌이 얼룩진 벽 위에 반쯤 뜯긴 포스터가 안간힘을 쓰고 있다. 몸을 제자리에 도로 붙이려 애쓰는 건지 아예 떨어져나가 바닥을 뒹굴고 싶어하는 건지 모르겠지만 쓸데없는 짓이다. 칠이 벗겨져 시커먼 속살을 드러내고 있는 문 앞에 서서 주머니를 더듬는다. 열쇠구멍에 열쇠를 넣고 손목에 힘을 준다. 맞닿는 부분이 녹슬어서 쉽게 열리지 않는다.

찰칵— 손끝에서 쇠와 쇠가 맞부딪치는 느낌이 짜릿하게 느껴질 때면 목덜미가 서늘해진다. 문을 잠그고 계단을 내려간다. 퀘퀘한 곰팡이 냄새와 함께 커다란 수족관 안에서 헤엄치는 피라니아들과 마주친다. 수족관 위의 모이를 한 줌 집어 정확히 서른다섯 알을 세어 넣어주었다. 녀석들은 모이보다는 내 손가락 끝의 굳은살이 더 탐나는 듯 각진 이빨을 드러내며 수면 위로 뛰어오른다.

— 늦었네. 주말이라 길 많이 막히지?

민용이 등을 보인 채 묻는다. 발사를 깎는 중이다. 나는 선반 위의 뜰채를 집는다.

— 우선 주문받은 세 마리 먼저 만들어야겠어.

민용은 앞치마에 손을 문지르고 주머니를 뒤적여 찌그러진 담뱃갑을 꺼낸다. 작업실 안의 큼큼한 공기는 민용의 턱 아래 형클어진 잡초 뿌리 같은 수염에서 뿜어져나오는 것 같다. 나는 수족관 벽의 푸른 플랑크톤을 뜯어먹고 있는 피라니아를 선택했다. 육질에 굶주린 다른 녀석에게 뜯어먹혀 너덜너덜해지기 전에 싱싱한 몸 그대로 박제될 수 있는 운 좋은 피라니아다. 뜰채 안에 건져올려진 녀석은 필사적으로 얇은 몸을 펄떡이며 저항하기 시작한다. 녀석을 건조한 양동이 안에 떨어뜨리고 저절로 숨이 멎을 때까지 기다린다. 장갑을 끼고 깨끗한 물을 한 바가지 퍼 작업대 위에 올렸다. 피라니아가 지친 듯 양동이 바닥에 배를 깔고 흐물흐물한 눈동자로 나를 쏘아본다. 이 순간에 뿜어져나오는 독기 어린 숨결로 박제의 완성도가 판가름된다. 오늘은 꽤 독한 놈을 만났다. 녀석은 괜찮은 박제품이 될 것이다.

―아까 어떤 미친놈 하나 왔다 갔어.

피라니아를 작업대 위로 꺼내 올렸다. 녀석은 꼬리를 한 번 움찔하더니 이내 포기한 듯 고개를 축 늘어뜨린다. 약지로 녀석의 배를 천천히 쓰다듬었다. 부레가 애처롭게 부풀었다가 쪼그라들기를 반복하며 호흡이 점점 느려진다. 왼손으로 녀석의 배를 누르고 오른손으로 메스를 집었다. 메스 날 끝을 종이처럼 가볍게 아가미에 집어넣고 배 쪽으로 슬그머니 밀어내린다. 은빛의 눈부신 비늘이 다치지 않도록 조심스럽게 피라니아의 배를 갈랐다. 붉은 내장들이 기다렸다는 듯 뭉클 흘러내린다.

―여길 어떻게 알고 찾아왔더라. 지가 기르던 토끼를 가져와서 박제해달라는 거야. 참내, 재수없어서 내쫓아버렸어.

아직 따뜻한 내장을 잡아빼버리고 껍질만 남은 피라니아를 물에 담근다. 물이 순식간에 장밋빛으로 물든다.

어릴 적 나도 토끼 한 마리를 키운 적이 있었다. 내 주먹 두 개만한 어린 토끼는 땅콩알 같은 빨간 눈이 특히 귀여웠다. 나는 녀석을 자유롭게 키우겠다고 마당에 풀어놓곤 했는데 어느 날인가 친구들과 놀고 돌아와보니 토끼가 보이지 않았다. 한참 동안 토끼를 불러대다가 당근을 꺼내어 마당 한가운데 내려놓고 쪼그리고 앉았다. 화단 쪽에서 기척이 들려 재빨리 몸을 일으켜 달려갔는데, 새까만 도둑고양이만 화들짝 놀라 담 너머로 달아나고 토끼는 꼼짝도 않은 채 널브러져 있었다. 나는 멍하니 선 채로 목에 상처가 나 있는 토끼를 내려다보았다. 슬픈 것도 슬픈 것이었지만 죽은 생물을 보았다는 생각에 온몸이 서늘해지며 소름이 끼쳤다. 토끼의 눈은 여전히 동그랗게 허공을 응시하고 있었다. 엄마를 부르러 집 안에 들어갔다 나왔을 때 토끼는 사라지고 없었다. 대신 후닥닥 사라지는 시커먼 그림자만이 담 위에 길게 드리워졌다.

민용은 주문전화를 받는다. 사냥을 즐기는 단골이 직접 잡은 청설모 박제를 부탁했다.

—9.5센티 피라니아 발사 깎아줘.

민용의 등에 대고 말했다.

—잠깐 눈 좀 붙이고.

민용이 소파 위에 드러눕는다.

피라니아가 물 위에 멍청하게 떠올라 있다. 껍질의 물기를 가제수건으로 대충 닦아 건져놓고 눈 부분을 손으로 살짝 밀어내자 눈동자가 스티커처럼 떨어져나온다.

서랍에서 새 접착제를 꺼내는데 거칠게 문을 두드리는 소리가 울려왔다. 민용은 잠결에 입맛을 다시며 돌아눕는다. 나는 얼른 계단 위로 뛰어올라가 문을 열어젖혔다. 키가 작고 비쩍 마른 남자 하나가 서 있다. 시계를 보니 다섯시가 가까워지고 있다. 나는 남자가 들고 있는 토끼장으로 시선을 옮겼다.

— 영업 끝났습니까?

남자가 머뭇거리며 묻는다. 토끼장 안의 토끼는 열심히 상추 쪼가리를 뜯고 있었다.

— 천만에요. 이십사 시간 영업합니다.

나는 짤막하게 대꾸하고 그를 위아래로 훑어보았다.

— 박제 좀 부탁하려고 합니다. 연이라는 녀석인데.

남자는 토끼장을 들어 보이며 모기만한 소리로 중얼거렸다.

— 살아 있는 걸 가져오셨군요?

나는 토끼장을 받아들며 상업적인 미소를 띤다. 남자가 어설프게 웃으며 머리를 긁적인다.

— 사실 이게, 제가 알던 여자가 키우던 건데.

— 연락처 남기고 이틀 뒤에 찾으러 오세요.

문을 닫으려는데 남자가 구두를 문 안으로 집어넣었다.

— 저기, 제가 직접 박제하는 과정을 좀 볼 수 없을까요?

남자는 민용이 집으로 돌아갈 때까지 근처에서 기다리겠다고 했다. 민용은 집 안에서 키우던 것을 박제하면 부정 탄다며, 사냥해가지고 온 의뢰물이 아니면 대부분 직접 사다가 박제하곤 한다. 게다가 작업실에 외부인이 들어오는 것은 더욱 꺼림칙하게 여기는 민용이다. 항상 그렇듯 벽시계가 일곱시 반을 가리키자 민용은 칼같이 점퍼를 걸치고 퇴근했다. 그가 나가고 난 작업실에선 묘한 해방감이 느껴졌다. 남자에게 전화를 걸고 선반 위에서 잘 쓰지 않던 가스 마취제를 내려놓았다.

누군가의 지나간 사랑 이야기를 들어주는 것 같은 고역도 없을 것이다. 마취된 토끼를 작업대 위에 누이고 장갑을 낄 때까지 남자는 쉴새없이 지껄여댔다. 메스를 토끼의 엉덩이께에 갖다대자 남자는 숨을 멈추며 소파에서 벌떡 일어난다. 나는 남자가 마음을 바꿀까봐 얼른 토끼의 가죽 안으로 날을 넣고 지그시 그었다. 토끼의 검붉은 심장이 아직 살아 있음을 알리려는 듯 필사적으로 튀어오른다. 토끼의 붉은 눈동자와 눈이 마주쳤다. 배 안에서 뿜어져나오는 뜨거운 온기를 느끼며 잠시 고개를 들었다. 피비린내와 소독약 냄새가 섞인 공기를 들이켜지 않겠다는 듯, 남자의 입은 꽉 다물어져 있었다. 토끼의 심장으로 손을 가져간다. 작은 동물이지만 내부구조가 복잡하여 조심스럽게 다뤄야 한다. 뛰고 있는 심장을 나도 모르게 꽉 쥐었다. 남자의 일그러진 시선이 느껴졌다. 그는 토끼가 영원히 자라지 않기를 바란다. 피부병에 걸리지 않은 보드라운 털 그대로, 작게 오므린 발톱 하나까지도 그대로 간직하고 싶어한다. 간절히 무슨 말인가 하고 싶어하는 사람의 입을 틀어막듯 쿵덕거리는 심장을 쥔 채로 잠시 다른 생각에 빠졌다.

　고대 이집트 사람들은 미라를 만들 때 유일하게 심장만은 남겨
두었다. 죽은 영혼을 인도하는 신인 아누비스가 심장이 담긴 단
지를 들고 심판의 저울 앞으로 걸어가면, 정의의 신은 저울의 한
쪽에는 깃털을, 한쪽에는 단지에 든 심장을 올려놓고 죽은 자의
미래를 판단한다. 선한 자는 또 한번의 생을 얻게 되는 것이다.
인간들은 끝없는 순환을 통한 영원성을 갈구한다.
　힘주어 토끼의 심장을 당겼다. 미련을 버리지 못하는 심장은
질기게 달라붙어 떨어지지 않는다. 메스를 들어 팽팽해진 심장
위쪽으로 아주 살짝, 흠집을 냈다. 피가 고이며 축 늘어진 심장이
맥없이 손 안으로 들어온다. 차가운 저울 위에 올려놓기에는 너
무 애처로운 심장이다. 아누비스가 된 기분이다. 묘한 쾌감에 물
컹거리는 심장을 계속 주물럭거렸다.
　─피라니아군요.
　남자는 수족관 쪽으로 몸을 돌린 채 중얼거린다. 눈은 수족관
을 향하고 있었지만 남자의 신경은 온통 내 손끝에 쏠려 있었다.
토끼의 신경줄들을 하나하나 끊어 작업대 밑에 내려놓은 통 안으
로 떨어뜨린다. 남자는 곁에서 서성거리며 무슨 말인가 하려는
듯 보였다. 가죽만 남은 토끼를 펼쳐두고 장갑을 벗었다. 나는 서

랍에서 소독약과 거즈와 새 장갑을 꺼냈다. 부유하고 있던 먼지들이 목에 자욱이 쌓인 듯 목구멍이 따끔거리고 갈증이 난다. 소파 옆의 주전자 쪽으로 몸을 돌리는데 무언가 발을 누르는 듯한 느낌과 동시에 몸이 기우뚱했다. 토끼장이다. 나는 엉덩이를 문지르며 일어나 오른쪽 바짓자락을 슬쩍 걷어보았다. 얼룩처럼 푸르스름하게 멍이 생겼다. 쓰러진 토끼장에서 시든 상춧잎이 나와 있었다. 나도 모르게 남자의 표정을 살폈다. 남자는 넋을 놓고 입을 반쯤 벌린 채로 바닥에 굴러떨어진 사료알들을 내려다본다.

—사실은…… 훔쳐온 겁니다.

남자는 더듬거리며 소파에 앉는다. 세면대에서 손을 닦고 물 위에 거꾸로 떠 있는 토끼의 가죽을 살폈다. 성공적인 박제품이 나올 것 같다. 가죽에 흠집도 나지 않았고 작은 몸이 제법 균형이 잡혀 있다. 콧노래를 흥얼거리며 아까 작업하던 피라니아의 껍질과 발사를 끌어당겼다. 발사 위에 조심스럽게 피라니아 가죽을 씌우고 접착제로 배 부분을 마무리한다. 맞물리는 부분이 뜨지 않도록 가장 섬세하게 힘이 들어가는 중지로 세심하게 눌러주어야 한다.

—뭐, 훔쳐온 거라고 할 수는 없어요. 그녀가 버린 거니까.

피라니아의 껍질은 반항하듯 발사 위에서 미끄러진다. 나는 더욱 세게 힘을 주어 가죽과 발사를 고정시킨다. 피라니아의 몸체가 수족관 쪽을 향하고 있다. 옆에 있는 사 밀리짜리 눈도 접착제로 단단하게 붙인다.

　—그래, 사연이 뭐예요? 아까는 헤어졌다면서요? 결혼이라도 한대요? 죽었나요?

　남자의 변명하는 듯한 말투에 지겨워진 나는 잘라 물었다. 순간 남자의 안색이 바뀐다. 아차, 싶은 나는 피라니아 쪽으로 눈을 돌렸다.

　—이건 왜 이렇게 안 붙고 돌아가……

　남자가 자리에서 천천히 엉덩이를 떼고 일어난다.

　—죽었잖아. 니가 지금, 방금.

　흠칫하여 바라본 남자의 눈은 붉게 녹슬어 있다. 남자가 조금씩 다가오기 시작하자, 나는 옆에 있던 메스를 집어든다. 등골이 싸늘하게 굳는다. 갑자기 현기증이 몰려온다. 남자의 구두 굽이 시멘트 바닥에 닿는 소리와 함께 양동이 속 표류하는 토끼의 붉게 물든 가죽과 피라니아 수족관의 물비린내가 섞여 머릿속에 느릿하게 고여든다. 남자가 걸음을 멈춘다. 정적이 깔린다. 수족관 안의 공깃방울이 솟아올라 터지는 소리가 정적을 두드린다.

　—죽이고 싶다는 생각도 들긴 했습니다. 무, 물론, 그녀는 살아 있고, 자, 자주 마주치고 그럴 때마다 저는 아무렇지 않게 인사를 하고……

남자가 한숨을 쉬며 다시 소파로 가자 겁이 난 나는 슬며시 주머니 속의 휴대폰을 더듬는다. 휴대폰을 등뒤로 숨긴 채 플립을 열고 손끝으로 천천히 번호를 가늠한다. 남자가 소리를 알아채지 못하도록 신발 끄는 소리를 내며 헛기침을 한다. 남자는 고개를 숙인 채 손바닥으로 얼굴을 감싼다.

—죄송…… 죄송합니다……

남자는 더듬거리더니 눈을 힘주어 비비며 일어나 코트를 집어든다. 그러고는 계단 쪽으로 향하려다가 걸음을 멈추고 내 손에 시선을 고정시킨다. 그는 재빨리 내 손에서 휴대폰을 낚아채더니 내 손에 닿았던 것이라 껄끄럽다는 듯 인상을 찌푸리며 힘주어 벽을 향해 집어던진다. 뭉툭한 소리와 함께 배터리가 나가떨어진다. 남자가 큰 소리를 내며 문을 닫고 나가자마자 나는 재빨리 문을 걸었다. 소파에 웅크리고 앉아 뛰는 가슴을 진정시킨다. 장갑을 빼 던지고 차가워진 손끝을 녹인다. 열시가 가까워지고 있었다. 핸드백과 점퍼를 들고 작업실을 빠져나가려다 멈추고, 양동이 안의 토끼 가죽을 흘끗 들여다본다. 지금 나가면 또 남자와 마주칠지 모른다. 게다가 그냥 물속에서 썩히기에는 토끼 모양이 너무 좋다. 천천히 핸드백을 소파 위에 떨어뜨리고 새 장갑을 꺼냈다. 기왕 이렇게 된 거, 좋은 물건 하나 건졌다 생각하고 마저 작업을 해야겠다. 마른 수건 몇 장을 들고 와 물에서 꺼낸 토끼

가죽을 깨끗이 닦으며 소파 위에서 움찔거리던 남자의 모습을 떠올려본다. 박제 과정을 보고 충격을 받은 것이리라. 차가운 토끼의 가죽 위에 가만히 손바닥을 댄다. 토끼는 어둡고 차가운 지하실에서 다시 태어나는 것이다. 따뜻한 온기는 생명을 유지시켜주는 대신 시간을 부패시킨다. 나는 썩지 않는 새 삶을 선사한다. 건조용 선풍기를 틀고 토끼 가죽을 걸쳐놓는다. 휘파람을 불며 휴대폰을 주워들었다. 액정에 금이 가긴 했지만 수리가 가능할 것이다. 휴대폰과 배터리를 핸드백에 넣으며 앞으로 남자와 '그녀' 사이에 일어날 일들을 상상해보았다.

래커를 꺼내놓는다. 천 밀리면 9.5센티 피라니아의 껍질을 충분히 윤기나게 장식해줄 수 있을 것이다. 덜덜거리는 선풍기 소리를 들으며 소파 위에 비스듬히 누웠다. 몽롱한 졸음이 온다.

탕 탕 탕.

작업대 앞에 서 있던 나는 기다렸다는 듯 계단을 뛰어올라가 문을 연다. 남자가 축 늘어진 여자를 안고 있다. 나는 얼른 그를 들어오게 하고 문을 건다. 남자는 안도의 한숨을 내쉬며 소파 위로 그녀를 눕힌다.

— 꽤 괜찮은 작품이 나올 것 같지?

남자가 씨익 웃으며 묻는다. 나는 소파 위의 여자를 내려다보며 고개를 끄덕인다. 나는 준비해둔 가스 마취제를 흔들며 여자의 코트를 벗기라고 지시한다. 남자는 코트를 벗으며 우선 자기부터 시작해달라고 말한다. 나는 두 장의 장갑을 더 꺼내놓는다. 남자는 두툼한 지갑을 통째로 내게 내밀고 작업대 위로 올라간다.

큰 사이즈 메스의 날을 소독약에 행군다. 눈을 감고 누운 남자의 코 안으로 마취제를 뿌린다. 두어 번 손가락을 가늘게 떨던 남자는 이내 정신을 잃는다. 남자가 정신을 잃은 후에도 나는 마취제를 한 통 더 비운다. 작업대 위에 머리를 반듯이 고정시키고 새것인 듯한 흰 와이셔츠가 구겨지지 않도록 조심스럽게 벗겨낸다. 나는 형광등에 빛나는 메스 끝을 울대 끝에 가늠해보며 만족스럽게 웃는다. 울대 끝에 슬며시 날을 대고 손끝에 힘을 준다. 메스 날 끝이 단번에 남자의 배꼽까지 그어져내려오기가 무섭게 나는 허탈함에 사로잡힌다. 남자의 뱃속은 텅 비어 있다. 빈 몸 안에서 어둡고 서늘한 바람이 분다. 바람 속에는 박제품에서 맡을 수 있는 특유의 가공 냄새도 섞여 있다.

나는 놀림을 당한 듯한 기분에 불쾌해하며 서랍에서 십오 밀리 눈을 꺼낸다. 남자의 눈으로 손을 가져간 나는 다시 한번 인상을 찌푸린다. 눈동자는 매끈매끈한 플라스틱이다. 그는 이미 훌륭한 박제품이다. 여자의 눈꺼풀이 희미하게 떨린다. 깨어나려는 모양이다. 놓치기에는 모양이 너무 좋다는 생각에 나는 옆에 놓인 메스를 집어든다. 물건이 상하지 않도록 조심스럽게 작업해야 한다. 숨을 죽이고 여자의 가느다란 목 끝에 메스 날을 댄다.

바람의 방향이 바뀐다. 나는 가만히 눈을 떴다. 은빛 꼬리가 얼굴 위로 서늘한 바람을 일으키며 사라진다. 온 힘을 다해 몸을 일으키려 해보지만 내 몸은 나선형의 물결만을 일으킬 뿐이다. 토끼 가죽을 보고 고개를 갸우뚱하는 민용을 불러본다. 민용은 고개를 들어 시계를 보더니 팔을 걷어붙인다. 이내 쇠냄새 나는 뜰채가 수족관 안으로 들어왔다. 몇 마리의 피라니아들이 수족관 안을 정신없이 휘젓기 시작한다. 뜰채는 어렵지 않게 피라니아 한 마리를 망 안에 담아 유유히 물 위로 사라진다. 갑자기 심한 갈증이 몰려온다. 온몸이 바짝바짝 타들어가는 느낌이었다.

어디선가 희미한 이야기 소리가 들려온다.

—선택되고 싶니?

—선택되고 싶어.

—어째서?

—내 꼬리에 난 상처 좀 봐. 맛없는 먹이 몇 알을 갖고 벌이는 이 좁은 수족관 안에서의 한심한 싸움이 지겨워.

—고통스러울까?

—그렇겠지. 하지만 아주 짧은 고통이야. 그후에는 아무것도

느끼지 못할 거야.

　—두렵지 않아?

　—전혀. 만약에 두렵다고 해도 우리에겐 선택의 여지가 없잖
아?

　—난 두려워. 난 몸에 닿는 따뜻한 수온을 느끼고 싶어. 그럼,
네가 위쪽에서 헤엄치는 게 어때? 나는 저 밑바닥에 숨어 있을
테니까.

　—좋을 대로 해.

　—고마워.

　—천만에.

작고 하얀
맨발

너의 목소리는 희다. 부드럽고 달콤한 마시멜로 같다. 네가 촉촉한 입술을 달싹여 옹알거릴 때마다 내 귓가에는 부드러운 것이 엉겨드는 듯한 가벼운 전율이 인다. 너는 손을 뻗어 종종 내 뺨을 쓰다듬는다. 한 줌도 되지 않는 작은 손가락들은 내 뺨을 거쳐 입술과 턱을 만지작거린다. 내가 입술 사이로 삐죽 혀를 내밀어 보이면 너는 금세 방긋거리며 쪼르륵 물이 흘러내려가는 듯한 소리로 웃는다. 네가 웃을 때면 발갛게 상기된 볼 한쪽에 작게 파인 보조개가 좋다. 네 얇은 머리카락에서는 봄냄새가 난다. 네 머리카락에 코를 묻고 있으면 가슴이 설레며 몸속 어딘가가 간지러워진다. 누군가를 닮은 너의 동그란 이마는 봄햇살을 받고 막 움이 튼 새싹처럼 부드럽다. 그 이마 위에 가만히 입술을 대면, 내 입술의 까슬거림과 네 보드라운 살결이 느껴진다. 나와 달리 네 눈에는 가느다란 쌍꺼풀이 접혀 있다. 바람이 몸을 누일 듯 긴 속눈썹과 까만 눈동자를 보면 나도 모르게 가슴이 뛰어 숨을 내쉬기가 조심스러워진다. 티없이 맑은 너의 흰자위가 부럽다. 그 위로 세상의 먼지가 끼지 않도록 지켜주고 싶다. 소라고둥 같은 귓속으로는 늘 웃음소리만 흘려넣어주고 싶다. 너는 또다시 웃으며 두 팔을 활짝 벌리고 내 목을 끌어안는다. 다시 생각해봐도 너의 이름은 참 잘 지은 것 같다. 수, 나의, 수.

아버지는 겨울잠을 자는 곰마냥 방바닥에 붙어 잊을 만하면 몸을 뒤척였다. 문득 베고 있던 팔을 뻗어 베개를 찾아 더듬거리다가 밥상다리를 건드린다. 아버지는 미간을 구겨진 신문지처럼 만들며 나를 올려다본다. 못 본 척 국과 밥을 오가며 수저질을 계속한다. 아버지는 상다리에 부딪친 손을 털고는 손목을 이리저리 매만져본다. 손목을 돌릴 때마다 통증이 느껴진다는 듯 신음소리를 내던 아버지는 내가 계속 모른 척하자 밥상을 다른 손으로 세차게 밀치며 몸을 일으킨다. 아버지는 보란 듯이 내 눈앞에 손목을 들이민다. 실랑이를 해보았자 이쪽만 지치게 된다는 것을 알고 있기에 주머니에서 만원짜리 두 장을 꺼내 내민다.

꾀병을 앓는 것은 아버지의 전공이자 업이다. 그러나 세상은

꾀병이라는 귀여운 단어 대신 자해공갈이라는 죄목을 씌운다. 아버지의 사업은 이제까지 대부분 성공적이어서, 집보다 병원에서 얼굴을 마주할 때가 더 잦았다. 그의 왼쪽 정강이뼈는 달려오는 벤츠에 치여 산산조각이 난 채로 아직도 다리 속 곳곳에 박혀 있다. 모든 인간의 몸에 상식이 통하는 것은 아닙니다. 가끔씩, 기이한 상태로도 멀쩡히 살아가는 사람들이 있죠. 의사는 미지근하게 웃으며 말했었다.

늦가을에 접어든 가로수에는 빛바랜 나뭇잎들이 조금씩 남아 있었다. 귓가를 스치며 작은 모조진주 귀고리를 흔들어대는 바람이 제법 칼칼하다. 약속시간이 지나고 건물 앞 신호등이 다섯 번 넘게 바뀌도록 남자는 나타나지 않았다. 여대생의 분위기를 내기 위해 입은 크림색 스커트 밑으로 두 다리가 시려온다. 한참 만에 나타난 남자는 삼십대 후반쯤으로 보였다.

황여사가 소개해주는 남자들의 공통점은 대부분 무언가에 쫓기는 듯 조급하다는 것이다. 내 몸을 즐길 때는 지불한 만큼의 대가를 한 톨도 남김없이 쓸어가겠다는 듯 충혈된 눈으로 기어오르다가도, 일을 치르고 나면 다들 도망치듯 앞서 방을 나간다. 재떨이에 비벼놓은 꽁초의 온기가 채 식기도 전에 사라져버리곤 하는 그들의 뒤에 남아 나는 차근차근 돈을 센다. 이 세상에서 암묵적으로 행해지는 수많은 거래에 비하면, 오히려 육체와 돈으로만 뚜렷하게 이루어지는 나의 거래는 오히려 깨끗하다고 볼 수 있다.

마트에 들러 간단하게 떨이 장을 본다. 한창때를 맞은 귤을 보자 입 안에 저절로 침이 고인다. 과일과 생선을 사고 스낵코너에서 핫바를 하나 사서 입에 문다. 나는 먹는 양에 비해 살이 안 찌는 체질이다. 마치 뱃속에 블랙홀이 들어앉아 음식을 삼키는 족족 다른 세계로 쏟아보내는 것 같다. 고갈될 줄 모르는 식탐이 아버지를 닮았다면 내 마른 체질은 어머니에게서 받은 것이다. 살결이 희고 손과 발이 길쭉한 어머니는 입이 짧은 편이다. 허벅지며 배 둘레에 나잇살이 생길 법한데도 여전히 처녓적에 산 옷을 입고 다녔다.

방바닥에는 장난감 같은 사기잔들과 녹차 봉지가 널려 있었다. 어머니는 내 앞에 사기잔을 내려놓더니 물을 부었다. 노르스름한 빛깔의 물이 차오르자, 잔 바닥에 그려진 꽃잎 무늬가 물 위로 빙그르르 떠오르는 듯한 착시현상이 일어난다. 어머니는 두 손으로 조심스럽게 찻잔을 들어올렸다.

"왜 너도 알지. 교회에 희주 엄마. 요즘 다구 세트 판다길래 할부로 한 벌 샀어. 젊은 사람이, 벌써부터 사는 게 많이 힘들어

보이더라."

찻물을 들이켠 입 안이 떨떠름하다. 차를 삼킬 때마다 어머니 목에 매달린 금색 십자가가 낮게 솟아올랐다 내려갔다. 어머니는 하루의 대부분을 교회에서 보낸다. 어머니가 다니는 교회 목사가 아버지를 교화시켜보겠다고 찾아왔다가 양은대야와 슬리퍼 짝에 얻어맞고 달아난 것이 수차례였다. 신방을 와서 탕수육이며 자장면 등을 시켜먹다가 갑자기 들이닥친 아버지가 자리를 엎어놓는 바람에 난장판이 된 적도 있었다. 그럴 때면 어머니는 눈을 감고 두 손을 마주 잡고 앉아 중얼거리며 아버지를 위해 기도했다. 도망가려고 문지방을 밟고 섰던 신도들도 어머니 곁에 꿇어앉아 다들 손을 모아잡고 기도를 했다. 아버지는 방바닥에 떨어진 탕수육 조각을 하나 입에 넣고 우물거리며 텔레비전 채널을 돌렸다. 어머니와 함께 기도를 하다가 눈물을 흘리거나 노래를 부르는 사람도 있었다. 아버지는 꽃 모양의 당근 조각까지 주워먹었다.

시가지가 내려다보이는 스카이라운지에는 감미로운 피아노 소리가 흐른다. 조화로 장식된 그랜드피아노 앞에는 허리 라인이 드러나는 까만 원피스를 입은 젊은 여자가 앉아 있다. 내 앞에 놓인 것은 조개껍데기 모양 그릇에 담긴 해물스파게티다. 새우와 조개, 맛살 등이 익힌 것이라고는 생각되지 않게 싱싱한 육질을 유지하고 있다. 그는 말없이 식사를 한다. 건너편 자리의 그는 황여사를 통해 알게 된 사람 중에 유일하게 차분하고, 장기간 만나오고 있는 남자다.

작년 겨울이었다. 약속시간이 삼십 분 지나도록 남자가 나타나질 않았다. 목덜미에 소름이 돋고 루주를 바른 입술이 얼어갔다. 황여사에게 전화를 걸려다 말고, 혹 이미 도착해 있는데 내가 알아보지 못하는 것이 아닌가 싶어 주위를 두리번거렸다. 낡은 건물 앞에는 젊은 연인과 사십대 중반쯤 되어 보이는 남자뿐이었다. 아까부터 서 있던 남자는 이따금씩 손목시계를 들여다보고 있었다. 이십대 후반의 젊은이라 했던 황여사의 말을 떠올리며 망설이고 있는데, 비린내 나는 추위가 등을 떠밀었다.

"여덟시에 만나기로 하신 분 아닌가요?"

그가 찬바람에 언 얼굴로 나를 바라보았다. 나는 한 손으로 전화받는 시늉을 해 보이며 덧붙였다.

"오사구구요."

그의 몸은 생각보다 따뜻했다. 일을 치른 후에도 그는 김이 서린 창문을 바라보며 오랫동안 이불 속에 누워 있었다. 부연 창유리 위로 맞은편 건물의 네온사인들이 깜박거리며 번졌다. 한참 동안 방 안에 흐르고 있던 정적을 깬 것은 내 뱃속에서 흘러나온 괴상한 짐승의 울음소리였다. 그가 나를 데리고 간 곳은 이십사 시간 운영하는 설렁탕집이었다. 뼈에 구멍이 뚫릴 정도로 잘 우러난 설렁탕은 담백했다. 그는 내가 만나기로 되어 있던 사람이 아니라고 했다. 설렁탕 국물을 뜨다 말고 진지하고 미안한 표정으로 말을 했지만, 상관없는 일이었다.

그를 만나면 언제나 식사부터 한다. 천천히 음미하듯 식사를 하는 도중에는 둘 다 말이 없는 편이다. 침묵은 둘이 함께 시간의 한 토막을 공유하고 있다는 느낌을 받게 한다. 오렌지 껍질을 까느라 잠깐 고개를 숙인 그의 잿빛 머리카락을 바라보고 있자 아버지가 떠오른다.

"올해도 다 지나가네. 한 해가 참 금방 가는 것 같지?"

곱게 접힌 냅킨으로 입을 눌러닦은 그가 말했다. 나는 고개를 끄덕이며, 악보를 정리하고 일어서는 피아노 연주자를 바라보았다.

피아노 교습이 유행처럼 번지던 시절이 있었다. 골목마다 자리잡고 있는 피아노학원에서는 저녁 늦게까지 뚱땅거리는 소리가 들려왔다. 녹색 커튼이 드리워진 피아노학원 바깥 유리창에는 미키마우스 스티커가 붙어 있었다. 교습 받는 친구를 따라 들어간 좁은 내부에는 개미굴처럼 구불구불한 통로마다 작은 방들이 뚫려 있고, 방마다 까만 피아노 앞에 아이들이 앉아 있었다.

피아노학원에 보내달라는 말을 꺼내자 어머니는 내 손을 잡고 교회의 오르간 반주자를 찾아갔다. 오르간 반주자는 내가 만약

계속 교회에 나온다면 오르간을 마음껏 칠 수 있도록 해주겠다고
했다. 그러나 내가 원하는 것은 희고 고른 치아처럼 윤기나는 피
아노 건반이었지 목 쉰 노인 같은 소리를 내는 오르간은 아니었
다. 며칠 뒤 나는 아버지의 점퍼 속주머니에서 두툼한 봉투를 꺼
냈다. 지폐 몇 장을 빼내었지만 별로 두께가 차이나지 않는 것 같
아 조금 안심이 되었다.

　아버지가 학원에 찾아온 것은 다음날 땅거미가 질 무렵이었다.
건반을 익히기 위해 『하농』 제1장을 연습하던 중이었다. 방문을
열어젖힌 아버지가 다짜고짜 내 머리채를 낚아챘다. 여기저기서
피아노 소리가 멎고 아이들이 방에서 뛰어나왔다. 아버지는 내
머리를 손에 잡아쥔 채 여선생님에게 돈을 돌려달라고 윽박질렀
다. 여선생님의 얼굴이 파랗게 질렸다. 돈을 돌려받고 학원을 나
섰을 때서야 아버지는 내 머리칼을 놓아주었다. 돈을 세어본 아
버지는 나를 흘낏 돌아보더니 천원짜리 한 장을 내 손에 쥐여주
고는 어디론가 멀어졌다. 헝클어진 머리칼로 집에 들어섰을 때,
조각마루에 앉아 있던 어머니가 달려나왔다.

　"세상에, 니 아버지가 기어이 학원까지 쫓아갔디?"

　어머니가 내 어깨 위에 떨어진 머리카락들을 털어내주며 미간
을 찡그렸다. 그제야 아버지가 사라진 돈의 행방을 알고 학원까
지 찾아올 수 있었던 까닭을 알 것 같았다.

마른 체형이 도움이 될 때도 있었다. 임신 육 개월이 지나도록 주변에서는 눈치를 채지 못했다. 수를 낳고 한동안을 여관방에서 지냈다. 수영복 차림의 여자가 누워 있는 달력을 방문에서 떼어 내고, 더운물을 끓여 면기저귀를 빨았다. 젖병을 소독하고 도시락으로 된 미역국도 사다 먹었다. 낡은 가습기가 돌아가는 좁은 여관방 안에서 나 스스로도 놀라울 기력으로 모든 일을 해냈다. 몸이 휘청거리고 현기증이 일 때는 수의 포대기 속에 코를 묻었다. 수의 젖내 밴 숨소리가 느껴졌다. 그럴 때마다, 인공유산을 위해 누웠던 수술대 위에서 도망쳐나왔던 것이 가슴 쓸어내리도록 다행스럽게 여겨졌다.

어둠을 더듬어 형광등 스위치를 찾는다. 몇 번 깜박거리다가 제대로 눈을 부릅뜬 형광등 불빛 아래 펼쳐진 방 안은 가관이었다. 반쯤 잡아빼진 옷서랍 속에는 양말이며 속옷이 뒤집혀 있고 벽시계는 삐뚜름히 기울어져 있었다. 상자 속에 넣어둔 화장품 병들이 아무렇게나 쓰러져 있는데다가 몇 권 되지 않는 책들은 금방이라도 떨어질 듯 들쑥날쑥하게 꽂혀 있었다. 불길한 예감이 머릿속을 훑고 지나갔다. 나는 옷서랍 속에 넣어둔 곰돌이 인형을 꺼낸다. 두둑해야 할 인형의 배가 허전하다. 떨리는 손으로 등 뒤 지퍼를 내린다. 아무것도 없다.

"미안해."

이러한 경험이 처음인 듯한 남자는 그렇게 말했다. 남자가 건
넨 꼬깃꼬깃한 지폐에서는 생선 비린내가 났다. 짧은 머리에 아
직 젊어 보이는 그는 점퍼까지 입고도 선뜻 방을 나서지 못하고
창가에 서서 머뭇거렸다. 나는 그때까지 침대에 누워 맨살 위로
이불의 낯선 감촉을 느끼고 있었다. 그는 얼굴이 붉어진 채로 무
언가 할 말이 있는 듯 주춤거리다가 한참 만에야 어깨를 축 늘어
뜨린 채 방을 나갔다. 불쾌했다. 대체 무엇이 미안한 것일까.

이틀 뒤 집에 돌아온 어머니의 눈빛은 먼 곳을 응시하듯 몽롱
하게 풀어져 있었다. 나는 방바닥을 훔치던 중이었다. 어머니는
벽에 기댄 채 품속에서 닳고 닳은 성경책을 꺼내더니 정성스레
읽어내려갔다.

"내 돈…… 어쨌어요?"

어머니는 가볍게 한숨을 내쉬더니 내 눈을 지그시 응시한다.

"우리는 죄가 너무 많단다. 구원을 받아야 해. 네 몫의 죄는 엄
마가 알아서 씻었어."

어머니는 금방이라도 다가와 내 등을 다독일 것 같은 눈빛이었
다. 순간, 심한 갈증이 목을 바짝 죄어왔다. 부엌으로 달려가 물을
두 잔이나 연거푸 들이켰지만 갈증은 좀처럼 사라지지 않았다.

아버지는 사흘이 넘도록 들어오지 않았다. 어머니는 교회 사람

들을 불러모아 집에서 기도를 하고 찬송을 했다.

수는 눈에 띄게 자라고 있었다. 수의 작은 발을 감쌀 덧신을 샀다. 털실로 직접 짜주고 싶었지만 손재주가 없었다. 수는 보호시설에서 가장 앳된 보모를 제일 잘 따른다고 했다. 나는 그녀와 내가 닮은 점이 있나 유심히 살펴보았다.

보모는 차분한 목소리로 말을 꺼냈다.

"입양을 시키시려면 지금이 딱 좋은 때예요. 계속 보호시설에 맡겨두셔도 상관은 없지만, 그렇게 되면 시설을 옮기게 될 거예요. 이번에 신생아들이 들어오면 손이 부족하거든요. 일산 쪽 모성원으로 가게 될 듯해요."

사무실 창가에는 둥근 이파리의 화초가 자라는 작은 화분들이 놓여 있었다.

어렴풋이 기억나는 나의 고교 시절 교실 안에도 비슷한 화분들이 몇 개 있었던 것 같다. 고등학교 졸업 후 성인이 되었다는 자유에 아이들이 들떠 있을 무렵 나는 그나마 나를 부축해주고 있던 소속을 잃고 불안하게 헤매고 있었다. 아버지가 구치소에 들어가고 어머니는 더욱 교회에 광신적으로 빠져들던 시절이었다. 황여사를 만나게 된 것도 그즈음이었다. 며칠을 망설이다 전화를 하고 나갔던 곳은 일산 호수공원이었다. 사방이 훵하여 하늘이

가득 차 있다는 느낌이 드는 도시였다.

황여사의 전화가 불통이다. 망설이다가 사무실을 찾아가보았
다. 삼층 사무실 문에는 자물쇠가 채워져 있다. 아래층 기원의 주
인은, 황여사 사무실이 하루아침에 소리없이 사라졌다며 혀를 찼
다. 올 것이 온 것이다. 올해 들어 성매매특별법이다 뭐다 하여
뻗친 타격이 여기까지 미친 모양이었다. 그나마 줄이 많다던 황
여사도 이번에는 어쩔 수 없었던 모양이다.

집에 돌아오는 길에 전신주 허리춤에 걸려 있는 벼룩시장과 가
로수 등을 빼왔다. 일자리가 없어 난리라고들 하지만 여직원을
구한다는 광고는 여전히 넘쳐난다.

텔레비전에서 뉴스가 흘러나온다. 기상캐스터는 때 이른 털코
트를 입고 있었다. 내일부터 본격적인 추위가 시작된다고 했다.

사무실은 매우 좁은 편이었다. 책상에 다리를 올린 채 앉아 있
던 삼십대 후반의 남자는 목 뒤쪽에 혹이 있었다. 사진작가라는
그가 내온 인스턴트커피는 너무 달았다.

"처음에만 좀 어색하지, 이거 꽤 할 만해. 일에 비해 보수도 세
고."

남자는 담배꽁초를 비벼끄며 말한다. 손목시계를 들여다본 그

가 일어선다. 카메라 테스트부터 하자고 했다. 그의 차를 타고 간 곳은 사무실 근처의 작은 스튜디오였다. 촬영중인 듯 여러 사람들이 와 있었다. 천장이 낮은 스튜디오 안이 조명 때문에 후덥지근했다. 인공 선탠을 한 모델의 살갗은 동남아 여자처럼 거무스름하다. 그가 탈의실을 가리켰다. 커튼을 드리워 임시로 만들어 놓은 탈의실 안쪽에는 작은 사이즈 행거에 후줄근한 가운 서너벌이 걸려 있었다. 탈의실 앞쪽에는 속옷 차림에 점퍼만 걸친 모델들이 사진작가와 포즈를 상의하고 있는 중이었다. 모델들 대부분이 진한 화장으로 주름살을 짓누른 흔적이 보인다. 잠시 틈이 난 사이 남자가 세트장 안쪽으로 등을 떼밀었다. 순간 호루라기를 불기라도 한 듯 사람들의 시선이 일시에 집중된다. 맨발바닥에 닿는 양털카펫이 부드럽다.

"긴장할 필요는 없고, 우선 라인만 보는 거니까 제일 자신있는 포즈로 해봐. 좀 웃어."

조명을 받은 내 몸이 환하게 빛난다. 카펫 바깥쪽의 사람들은 어두워서 잘 보이지 않았다. 눈꺼풀을 후끈거리게 하는 플래시가 연속으로 터지고 나자 땀이 흐르기 시작한다. 이마에 맺히기 시작한 땀은 이내 목과 등줄기에도 흘러내렸다. 온몸이 그대로 증발해버릴 것만 같았다. 세트장 밖에서 말소리와 웃음소리가 전생에서 불어오는 바람소리처럼 아득하게 들려왔다.

"하, 열정적이네. 생각보다 물건인데?"

구부렸던 허리를 펴며 사진작가가 말한다. 카펫에서 내려오자 모델이 기다렸다는 듯 나를 밀치고 세트 안으로 들어선다. 남자는 엘시디 창에 뜬 내 사진들을 보여주었다. 낯선 내 모습이 여러 장 스쳐간다. 갑자기 한기가 느껴졌다.

계약금은 생각보다 많은 편이었다. 계약서를 읽는 동안 사진작가라는 남자와 편집장은 비스듬히 앉아 담배를 피웠다.

"머리만 잘 굴리면 쉽게 사는 세상이지. 이거처럼 편한 일이 어딨냐. 몇 년 해먹다가 얼굴 싹 고치고 결혼하면 아무도 몰라요."

남자가 목에 가래 걸린 목소리로 말했다.

"돈 좀 모아서 외국 나가 사는 애들도 많아."

남자의 말에 편집장이 고개를 끄덕이며 덧붙여 말했다. 갈증이 났다.

수를 낳은 곳은 도시 외곽의 허름한 산부인과였다. 입원실이 네 개뿐인 병원에는 백발의 의사와 말수가 적은 간호사 둘이 있었다. 포대기에 싸인 주름투성이의 수는 아주 오래 전부터 내 몸속에서 숨쉬고 있던 생명처럼 느껴졌다. 수의 둥근 배에 귀를 대고 있으면 도랑물 흐르는 소리가 났다. 보모는 입원 절차에 비해 출원 과정은 쉽다며 미소지었다.

통장을 꺼낸다. 목표한 금액에 조금 못 미치는 액수였다. 안방에는 어머니와 낯익은 신도 한 명이 텔레비전을 켜놓은 채 잠들어 있었다. 밤새 교회에 있다가 돌아온 어머니는 화장도 지우지않은 채였다. 열린 창가의 커튼이 무겁게 펄럭인다.

아주 어릴 적 어머니의 손을 잡고 언덕 위의 교회로 향하던 날이 떠오른다. 설익은 푸른빛 새벽하늘이 낮게 떠 있었다. 교회에도착한 후에도 나는 졸음에 겨워 몽롱한 눈을 비비던 중이었다. 넓은 교회 안에는 사람들이 많았다. 어머니는 누군가에게 다가가반갑게 인사를 하더니 이내 몰려드는 인파 속에 묻혔다. 가슴속추 하나가 떨어지는 듯 까마득한 기분에 어머니를 부르며 사람들속을 비집고 들어갔다. 교회는 장난감 궁전보다도 더 오밀조밀복잡한 구조에 계단이 무척 많았다. 사람들의 옷깃에서 낯선 냄새가 묻어났다. 나는 울음을 삼키며 주위를 두리번거렸다. 시간이 되자 사람들이 모두 자리를 찾아 앉았다. 나도 구석진 자리에앉아, 비슷비슷한 뒤통수들을 눈으로 더듬었다. 실내를 울리는웅장한 오르간 소리가 길게 꼬리를 내뺄 때마다 어깨가 움츠러들었다. 결국 어머니를 만난 것은 예배가 끝나고 모두들 식당으로향할 때였다. 어머니는 나를 보더니 뒤쪽에 있었냐며 아무렇지않게 웃었다. 나는 어머니 손을 꽉 쥐고 길을 잃어버릴 뻔했다고말했다.

"믿음이 있으면 길을 잃어버리지 않아."

어머니가 중얼거리며 나를 내려다보았다. 그 얼굴이 어쩐지 낯설어 나는 그만 손을 풀어버리고 말았다.

그가 강의를 한다던 대학교로 전화를 걸었다. 그의 이름을 대자 안내원은 교수실 내선으로 연결시켜주겠다고 했다. 최동욱입니다, 낯설게 느껴지는 그의 목소리를 지그시 누르며 수화기를 내려놓았다.

내 또래의 여대생들이 서넛씩 함께 교문을 나서고 있었다. 그가 있는 교수실은 본관 이층이었다. 책상 앞에 앉아 있던 그는 굳은 얼굴로 나를 올려다보았다. 그는 마른기침을 하며 일어서더니 앞서 소파로 가서 앉는다. 나는 수의 사진을 내밀었다. 그의 울대가 삐걱거리며 내려앉는다.

"아저씨랑 많이 닮았어요."

수의 아버지가 누군지는 나도 모른다. 내가 아는 사실은 다만 수가, 내 기억 속의 그 누구와도 닮지 않았다는 것뿐이다. 그는 테이블 위에 사진을 던지듯 놓고 두 손을 깍지꼈다.

"그래서 지금, 이 애가…… 내 애라는 증거라도 있나?"

저음의 목소리가 흔들린다. 말없이 그의 얼굴을 바라보았다. 창밖의 메마른 나뭇가지와는 대조적으로 소파 옆에는 잎사귀 푸른 난 화분들이 놓여 있었다.

"천…… 정도 필요해요…… 다신 찾아오지 않을 거예요."

적어온 통장번호를 그의 앞에 밀어놓는다. 그의 시선에 몸이 가려워진다. 나는 창가로 걸어가 낯선 캠퍼스를 내려다보았다. 캠퍼스 중앙에 작은 분수대가 있다. 조교가 커피를 내왔다. 그는 급히 사진을 감추었다. 나는 조교를 향해 미소지어 보였다.

수는 잠들어 있었다. 보모가 건넨 짐은 작은 가방에 든 서너 벌의 옷가지와 젖병이 전부였다. 가게에 들러 천장에 다는 비행기 모빌과 새 젖병, 옷 두 벌을 샀다. 수는 땀을 많이 흘리는 편이었다. 버스에 올라 그에게 한번 더 전화를 걸었다. 그는 세미나가 있어 바쁘다고 둘러댔다. 나는 잠시 간격을 두었다가, 내가 왜 휴대폰이 아닌 학교로 전화를 걸었는지 생각해보았냐고 묻는다. 수화기 저편의 그는 아무런 대꾸가 없었다. 잠에서 깨어난 수가 김이 서린 차창 위로 작은 손가락을 갖다댄다. 아기의 지문만한 세상이 내다보인다.

사진작가에게서 연락이 왔다. 지난번에 바쁘다며 가버리는 바람에 하지 못했던 계약을 오늘 마치고 저녁때 바로 촬영에 들어가자고 했다. 무언가에 떼밀리듯 빠져나왔던 사무실이 떠오른다. 급한 일이 생겼다는 내 말에 편집장과 사진작가는 서로 난감한 눈빛을 교환했었다.

"아이와 함께 촬영할 수 있나요?"

남자가 무슨 소리냐며 되묻는다. 나는 조금 더 큰 소리로 반복해 말한다. 세 번쯤 말했을 때 욕설과 함께 전화가 끊겼다. 수가 입맛을 다신다. 기차 도착을 알리는 전광판 글씨가 흘러간다. 강릉행 기차의 출발시각은 십 분 남짓 남아 있었다. 어제저녁 통장을 확인했을 때 팔백만원이 입금되어 있었다. 그는 당장은 그것밖에 없다며, 전화 대신 철자 틀린 문자를 보내왔다.

휴대폰이 다시 한번 울린다. 아버지였다. 병원이라며, 한 건 했다며 큰 소리로 웃어젖힌다.

"이번에는 왼쪽 다리가 그대로 나가버렸지 뭐냐. 평생 절뚝이로 살아야 할지는 몰라도 이 애비가 이번에 큰 건 하긴 했다. 건널목에다 음주까지 하신 사모님이야. 너 와서 먹을 것 좀 가져가라. 과일바구니가 그대로 있어. 너 여기가 어딘 줄 알어? 특실이야, 특실."

아버지의 낄낄거리는 웃음소리가 갈매기 소리처럼 귓가에 맴돈다. 포대기가 흘러내리는 수를 고쳐안고 개찰구를 향해 걷는다.

"음마."

작은 입술이 연신 마마, 엄마를 발음해낸다.

개찰구를 빠져나가자 맑고 차가운 바람이 얼굴을 휘감는다. 수의 포대기를 더 꽉 감싸안는다. 인디언들은 12월을 다른 세상의 계절이라고 부른다. 침묵하며 사랑하는 달이라고도 한다. 겨울이 가고 머지않아 봄이 오면 수는 아장아장 걷게 될 것이다. 수의 자그마한 맨발이 디딜 수 있는 따뜻한 흙이 있는 곳을 찾아야지. 나는 수의 곁에 쪼그리고 앉아 햇살을 받으며 노래를 흥얼거리고 있는 것도 좋을 것 같다.

아기가 웃는다. 기차가 느리게 달리기 시작한다.

서산 너머로 노을빛이 가라앉을 무렵, 줄기차게 울어대던 매미들도 잠시 잠잠해진다. 설익은 밤하늘 위로 이른 별들이 하나 둘씩 움을 틔우기 시작했다. 도선은 미지근한 바람이 이마께로 스쳐가는 것을 느끼며 천천히 허리를 편다. 온종일 잡초를 골라낸 손끝이 흙빛으로 축축이 젖어 있다. 목의 땀을 훔치고 뻐근한 손가락 마디를 가만히 움츠렸다가 펴본다. 암자 뒤에 펼쳐진 염주밭은 본래 큰스님이 손수 관리하는 곳이다. 삼십 년 전, 작은 염주나무 몇 그루가 야생으로 자라난 것을 발견했던 큰스님이 그때부터 지극정성으로 돌보며 매해 새로운 염주나무들을 파종해오곤 하여 지금은 제법 넓은 밭을 이루고 있다. 염주밭에 함부로 들어가거나 건성으로 이파리를 만지작거리기만 해도 얼굴을 붉히며 성을 내던 큰스님이었다. 그러나 얼마 전 산에서 무릎을 다치신 후부터 큰스님은 못내 내키지 않은 얼굴로 도선에게 염주밭일을 맡기고 있었다.

다리를 주무르며 흙 위에 철퍼덕 앉은 도선은 길쭉하고 얇은 염주 이파리를 한 장 뜯어 질겅질겅 씹어본다. 떫고 비린 풀냄새가 입 안에 번져들자 이내 퉤엣, 뱉어버린다.

비질된 마당에 탑 그림자가 고요히 드리워져 있다. 이따금씩 처마 끝의 풍경이 흔들린다. 암자 주변 풀숲에서 낮은 풀벌레 소리가 들려왔다. 개암스님이 더운물을 담은 대야와 수건을 들고 선방으로 들어간다. 큰스님 무릎찜질 하려는 것이다. 선방에서 몇 마디 이야기 소리가 두런두런 들려오더니 이내 잠잠해진다. 툇마루에 앉아 있던 도선은 법당에 들어가 저녁 배를 올린다. 향로 위로 향불이 명주실 풀리듯 연기 가닥을 풀어낸다. 싸한 향내에 지그시 눈을 감는다.

열아홉의 도선이 암자에 들어온 것은 작년 겨울이었다.

종아리가 잠기도록 쌓인 눈을 헤치며 개암스님이 앞장서 걸었다. 남의 살처럼 무감각하게 얼어버린 두 귀를 부여잡고 암자에 도착한 도선은 며칠을 앓아누웠다. 덜 나은 몸으로 자리에서 일어난 것은 큰스님의 불호령 때문이었다. 마음 편히 자빠져 지내려면 당장 돌아가라고 소리치는 큰스님의 깡마른 몸에서는 엄동설한의 밤바람보다도 매서운 기운이 뿜어져나오는 것 같았다. 도선은 열기운이 가시지 않은 몸으로 아궁이 앞에 쭈그리고 앉아 장작을 밀어넣었다. 몸속에 불덩이 하나가 들어 화끈거리는 불길로 내장을 핥아대고 있는 듯했다. 가물가물한 정신 속으로 법당 큰스님 목탁 소리가 울려왔다. 도선은 불길 속에 장작을 하나 쑤셔넣고는 귀를 막았다.

그보다도 잊을 수 없는 일은 봄에 있었던 염주밭 사건이다. 산나물을 캐러 나섰던 도선은 절 뒤편에서 옥수수처럼 생긴 식물을 발견했다. 군데군데 보랏빛을 띤 싹들을 비롯해 아직 덜 자란 것들도 있었지만 늘씬한 줄기며 긴 이파리가 영락없이 옥수수였다. 밭으로 들어가 두리번거리던 그는 반가운 마음에 윤기나는 이파리 하나를 따보았다. 매끄러운 잎을 소쿠리에 깔고 산 쪽으로 걸음을 떼려 하는 순간, 무언가 얼얼한 기분과 함께 날카로운 통증이 등뼈를 가격했다. 돌덩이 하나가 발치로 떨어졌다. 큰스님은 도선의 덜미를 낚아채어 밭 밖으로 끌고 나왔다. 작은 체구에서 어떻게 그와 같은 힘이 나오는지 의아할 정도였다.

그날 도선은 저녁도 먹지 못한 채 벌로 내려진 일천 배를 올렸다. 몸 구석구석에 거미줄처럼 들러붙은 뻐근함은 둘째 치고, 오랜 세월 깨달음에 정진한 큰스님이라는 분이 별것 아닌 일로 감정적인 처사를 내렸다는 것이 실망스럽고 야속할 뿐이었다.

산사의 새벽은 새소리와 함께 시작된다. 어슴푸레한 빛이 창호문 위로 기대어 앉을 무렵이면 개암스님은 벌써 일어나 이부자리를 정리한다. 도선은 잠이 덜 깬 눈으로 방문을 열어젖힌다. 자욱한 산안개가 마당까지 번져들어와 탑의 허리를 감싸고 있다. 문득, 인기척이 느껴져 일주문 쪽을 돌아본다. 안개를 헤치고 나타난 사람은 산 중턱에 사는 긍골 노파였다. 쪽진 백발을 때 묻은 머릿수건으로 감싼 노파는 주황색 바가지를 들고 있었다. 도선이 인사를 하자 노파는 얼굴 가득 까만 주름들을 쏟아내며 웃는다. 노파가 내민 주황색 바가지 속에는 껍질을 벗겨낸 더덕들이 들어 있었다. 말을 하지 못하는 긍골 노파는 늘 웃는 얼굴이다.

도선은 공양간으로 들어간다. 흘끗 밖을 내다보니 노파는 다소곳이 합장하고 탑돌이를 하고 있다. 사나흘에 한 번씩 절을 찾는 노파는 매번 빈손으로 오는 경우 없이, 고소한 산나물들을 무쳐 오거나 곶감이며 푹 삶은 호박 등을 들고 온다. 늘 새벽같이 와서 탑을 돌거나, 법당의 석가모니불 앞에 한참을 가만히 앉아 있곤 했다. 빗자루를 빼앗아 마당을 쓸어주거나 소쿠리 가득 빨랫감을 이고 계곡으로 가, 옷을 빨아줄 때도 있었다. 개암스님이 선방으로 큰스님의 공양을 올린 뒤 도선은 개암스님과 자신의 아침상을 차린다. 노파에게 같이 식사하지 않겠느냐고 물으려 밖을 내다보니, 어느 틈엔가 돌아가고 없다.

"네놈 얼굴을 보면 마음을 애써 제압하려고 하는 위선이 느껴진단 말이다. 머릿속의 모든 잡념을 흐르도록 내버려두고, 그저 바라만 보라고 하지 않았느냐. 쯧, 이런 멍청한 놈 같으니."

죽비가 시원하고 요란한 소리를 내며 어깨를 내려친다. 처음 죽비를 접했을 때는 움칠거리기도 하던 도선이었지만 이젠 눈 하나 깜짝하지 않고 태연스레 가부좌를 틀고 앉아 있다. 사방이 조용해지고 마음이 서서히 평온해질라 치면, 풀뿌리같이 엉킨 기억들이 하나 둘씩 몸을 드리우며 잠잠한 머릿속에 흙을 털어낸다. 애써 그것들을 쓸어내려고 하면 어김없이 죽비가 어깨 위를 내리쳤다.

참선을 마치고 샘터 앞에 서서 물을 들이켠다. 경전을 외던 개암스님이 도선의 모습을 물끄러미 바라본다. 개암스님은 원체 말이 없기에, 늘 생활을 함께 하면서도 도선은 그에 대해 아는 바가 없다. 입가를 슥 문질러 닦고 마당 구석의 양동이 가득 물을 채운다. 한여름의 땅은 아무리 물을 끼얹어주어도 금세 말라버려 애처로운 빛깔을 띤다. 수차례 물을 옮겨붓고 나자 슬슬 팔목이 당겨오기 시작한다. 싱싱하게 물이 오른 염주나무를 보며, 팔자 편한 건 너밖에 없구나, 하고 중얼거린다. 도선은 양동이를 내려놓고 근처 나무 그늘 아래서 잠시 숨을 돌린다.

어디선가 음악소리가 들려온다. 경주의 휴대폰 벨소리다. 경주는 혀를 빼물어 보이더니 단칸방을 나가 골목에서 전화를 받는다. 좁고 비탈진 골목에서 이따금씩 웃음소리가 들려왔다. 갓 열여섯이 된 경주는 집에 돌아오는 시간이 부쩍 늦어졌다. 꾸지람을 해도 부은 얼굴을 하고 앉아 있다가 돌아서면 그만이었다. 염색을 한 머리칼이 눈에 띄게 밝아지고 가방 속에서 필기구 대신 화장품들이 쏟아져나오기도 했다. 나는 쉴새없는 아르바이트에 지쳐 경주의 외도를 알면서도 외면할 때가 많았다. 남의 허드렛일로 평생 모은 것들을 사기당한 어머니는 이 년째 병원생활중이다. 두 살 위의 오빠라지만 아직 미성년자인 내가 어머니의 빈자리를 완벽하게 채우기란 불가능한 일이었다. 벽면에 발라놓은 신문지 위로 슬그머니 몸을 부풀리며 피어오른 곰팡이처럼, 소리없이 번진 어둠에 발을 디딘 경주는 여름방학을 얼마 앞두고 집을 나갔다.

"엄마, 경주가 없어졌어요."
어머니의 입가에 흐르는 침을 가제수건으로 훔쳐드린다. 어머니는 여전히 눈을 반달 모양으로 뜨고 웃으며 한 손에 통닭을 쥐고 있었다. 먼지 쌓인 조화 꽃병이 놓인 면회실은 휑했다.

수소문 끝에 경주를 찾은 곳은 쪽방동네의 지하방이었다. 좁은 공간에 여러 명의 남녀 아이들이 따개비처럼 붙어 있었다. 버스에서 내릴 때까지만 해도 단단히 쥐고 있던 주먹이 경주를 보는 순간 맥없이 풀어졌다. 바람도 들지 않는 골방의 천장에 매달린 백열전구 불빛이 불안스레 흔들리고 있었다.

경주는 다시 학교에 다니기 시작했다. 그 무렵, 같은 주유소에서 일하던 여자아이 하나가 내게 좋아한다고 고백을 해왔다. 눈이 마주칠 때마다 기름때 묻은 장갑으로 입을 가린 채 웃는 아이였다. 겨울의 문턱에 들어선 바람이 차갑기는커녕 달콤했다. 집에 돌아오는 차창에 머리를 기대고 있으면, 미래에 평범한 가정을 이루고 따뜻한 온기를 자아내는 삶 속의 내 모습이 그려졌다. 알바 자리를 하나 더 구해 밤낮으로 일을 하기 시작했다.

어느 날, 집 근처까지 함께 걸어오게 된 여자아이는 단칸방 쪽문이 있는 비탈골목을 말없이 올려다보았다. 전신주에 달린 가로등 불빛이 둘의 해진 운동화 위로 내리비추었다. 그후로 여자아이는 나를 향해 웃지 않았다. 그애는 얼마 있지 않아 일을 그만두었다. 그제야 생각해보니 서로 알고 있는 연락처도 없었다.

한동안 조용히 지내는 듯하던 경주는 다시 집을 나갔고, 이번엔 친구아이들도 행방을 알 수 없다 했다. 경주의 죽음을 듣게 된 것은 몇 달 후의 일이었다. 춘천의 어느 다방 옥상에서 뛰어내렸다는 경주의 목에는 어머니의 빛바랜 금목걸이가 걸려 있었다.

이 세상에 나를 위한 타인이란 존재하지 않았다. 매일 밤 방구석에서 찌그러진 깡통처럼 웅크린 채 잠드는 내 그림자를, 나는 그저 남의 것인 양 바라보고만 있었다.

마당 한쪽, 샘터 옆을 지나던 도선은 기다란 줄기 끝의 꽃 대궁과 절구 사이로 늘어져 있는 거미줄을 본다. 그물 구석에는 새끼 손톱만한 거미가 꽁무니에서 쉴새없이 실을 뽑아내고 있었다. 먼지 한 올 붙지 않은 거미줄이 눈부시다. 도선은 쭈그리고 앉아 거미를 바라보나 눈을 감는다. 맨머리 위에 작열하는 햇볕도, 흐르는 물소리도 아득하게 멀어진다.

"너 밑에 좀 내려갔다 와야겠다."

도선은 얼른 자리에서 일어난다. 큰스님은 보자기에 싸인 무언가를 내밀었다. 이리저리 잡히는 느낌이 묘해 무엇인지 가늠할 수가 없다. 큰스님은 궁골 노파에게 전해주라고만 이르고는 법당으로 들어간다.

노파는 고추밭에 있었다. 밀짚모자를 쓴 까만 얼굴이 두렁 끝에서 손을 흔들어 보인다. 노파는 사양하는 도선을 기어이 집까지 데리고 가, 온갖 나물을 버무려 점심상을 내왔다. 이가 나간

접시 위의 담배꽁초들과 낡은 벽지 군데군데 얼룩진 곰팡이 자국이 눈에 들어온다.

보자기를 풀자 진한 빛깔의 옥비녀와 쪽색 앞치마가 나왔다. 궁골 노파의 얼굴이 발갛게 상기되더니, 벌어지는 입을 감추느라 주름진 양 볼이 부풀어오른다. 도선은 엊그제 시내에 나가는 개암스님에게 무언가를 지시하던 큰스님의 모습이 떠오른다. 쪽찐 머리에 비녀를 꽂아올린 노파는 경대를 끌어당긴다. 침을 묻혀 머리칼을 정돈하는 노파의 뒷모습을 물끄러미 바라보던 도선은 그만 올라가봐야겠다고 일어섰다. 노파는 아쉬운 얼굴로 도선을 배웅한다. 적은 머리숱에 장식된 비녀가 유난히 크게 보였다.

도선은 손목에 걸려 있는 염주를 굴리며 산길을 오른다. 어느새 손때가 묻은 염주알에서는 그윽한 윤기가 난다. 염주 한 알을 굴릴 때마다 번뇌 하나가 끊어진다고 한다. 그러나 도선에게 있어서 모든 번뇌는 억눌린 크기만큼 도로 솟아오른다. 큰스님은 억지로 잊으려 하는 것 또한 세속적인 욕망이라고 했다. 그리 생각하면 선을 구하려 하는 것도 여느 욕망에 지나지 않느냐는 도선의 반문에 큰스님은 아무 대답도 하지 않았었다. 대화 도중 큰스님이 입을 다물어버릴 때마다 도선의 불신은 슬그머니 꿈틀거리곤 했다.

노파가 좋아하더란 말을 전하자 큰스님은 허허 웃는다.

개암스님의 독경 소리가 고즈넉한 절 안에 울려퍼진다. 이어 목탁 소리가 저녁바람을 가르며 딱, 따르르 울린다. 서산 너머로 새 두어 마리가 날아간다. 석등에 불을 밝힌 도선은 천천히 절 밖으로 걸어나간다. 어스름해질 무렵 산속을 걷고 있노라면 신선한 기운에 속이 탁 트인다. 계곡에 떨어지는 물소리는 듣기만 해도 등허리가 시원해지는 듯하다. 바위 위에서 귀를 쫑긋거리던 다람쥐가 가뿐하게 나무기둥을 타고 올라간다.

도선은 소나무 그늘 아래 피어난 민들레를 뽑아 뿌리를 질겅거린다. 씁쓸하면서도 개운한 향내가 입 안에 배어든다.

얼마쯤 거닐다 돌아왔을까, 마당에 들어서는 도선을 본 큰스님이 고개를 설레설레 저으며 혀를 찬다.

"지 분수를 알고 산을 내려갔나 했더만, 그래도 밥 빌어먹으려고 들어오긴 하누만."

부처님 앞의 촛불이 일렁인다. 도선은 묵묵히 저녁 배를 올린다.

공양간에서는 개암스님이 찻잎을 덖고 있다. 다섯번째 포장을 했다가 다시 풀어 덖는 것이니 이제 두 번만 더 덖으면 될 것이라 했다. 개암스님이 끓이는 차를 마시면, 비가 내리고 난 후에 흙에서 풍기는 냄새와 같이 구수한 향기가 가슴속으로 따뜻하게 차오르는 것 같다. 문지방 안에 쪼그리고 앉아 찻잎 덖는 모습을 보고 있는데 돌연, 무언가가 등짝을 후려친다. 큰스님의 손에는 길게 휘어진 부지깽이가 쥐어 있었다.

"이 육실헐 놈, 네놈 때문에 밭이 엉망이 됐다."

도선의 시선이 큰스님의 다른 쪽 손으로 옮겨진다. 누렇게 뜬 나무줄기 하나가 맥없이 꺾여 있다. 당황한 도선은 나무줄기를 살펴보려 손을 뻗는다. 부지깽이가 다시 한번 날아와 도선의 손등을 내리쳤다. 손등 위로 붉은 줄이 부풀어오른다. 도선은, 나무가 워낙 많다보니 구석구석 물이 잘 스며들지 않은 것 같다고 중얼거리며 고개를 숙인다.

"이런, 만사에 해만 끼치는 놈을 봤나. 너 같은 놈보다 백 배는 쓸모 있는 나무란 걸 알기나 하냐, 멍청한 놈아."

도선의 어금니에 힘이 들어간다. 큰스님이 뒷짐을 지며 코웃음을 친다.

"왜, 화가 나면 대들어보지 그러느냐? 허기사 흰 쌀밥에 따순 바닥에 여기처럼 네놈 거저 먹여주는 데가 또 있을까 싶으니, 이거 원 더러워도 좀 참는 게 낫구나 싶겠지."

큰스님이 휙 던져버린 부지깽이가 도선의 발치에 떨어진다. 큰스님이 사라지자 개암스님이 다가와 도선의 어깨를 살며시 잡는다. 도선은 신경질적으로 부지깽이를 주워 공양간 안의 아궁이 속에 쑤셔넣었다.

　도선은 동굴 속에 앉아 있다. 이따금씩 차가운 물방울이 머리와 옷 위로 떨어진다. 하반신이 돌처럼 굳은 듯 꼼짝도 할 수 없다. 어둡고 서늘한 동굴 속에는 까마득한 정적이 흐른다. 가느다란 물방울들은 어느새 어깨를 흥건히 적신다. 천장을 올려다보자, 어머니가 웃고 있다. 어머니의 턱을 타고 흘러내린 침이 도선의 뺨 위로 떨어져내린다. 도선은 고개를 젓고 다시 자세를 바로한다. 동굴 깊숙한 곳에서 바람이 불어온다. 바람에 실린 경주의 웃음소리가 옷깃을 스친다. 동굴 속으로 몇 발자국만 더 들어서면 경주의 모습이 보일 것만 같다. 안간힘을 써 자리에서 일어나려 해보지만 다리는 꼼짝도 하지 않는다. 목과 입 안 가득 모래가 차 있는 듯 목소리도 나오질 않는다. 길게 꼬리를 떨던 경주의 웃음소리는 이내 흐느낌으로 변해간다. 도선은 머릿속이 질려오기 시작한다. 손을 뻗어 동굴 바닥을 긁으며 앞으로 나가려 한다. 손끝에 피가 맺히고 숨이 차오른다. 진이 빠질 무렵 바람이 서서히 잦아들었다. 사방이 다시 정적에 휘감겼다. 텅 빈 몸속으로 허기가 밀물처럼 밀려온다.

등줄기에 배어든 식은땀을 느끼며 꿈에서 깨어났을 때는 아직 사방이 어두운 밤중이었다. 도선은 슬그머니 자리에서 일어나 마당으로 나온다. 소나무 가지 위로 달이 낮게 떠 있다. 법당으로 들어가 향불을 꽂고 배를 올린다.

다음날 오전. 염주밭을 살피러 나간 도선은 밭 가운데 서 있는 궁골 노파를 발견했다. 노파는 아무렇지도 않게 염주나무의 여린 이파리들을 뜯고 있었다. 도선은 허둥지둥 달려가 노파를 말리려 했다.

"놔두라."

뒤에서 큰스님의 목소리가 들려온다.

"연한 잎을 데쳐서 먹으면 맛이 그만이지. 뭐, 생으로 씹는 것도 꽤 향긋허지만."

큰스님이 노파의 곁으로 다가가며 호탕하게 웃는다. 넋을 놓고 서 있던 도선은 이내 소쿠리를 내려놓고 잡초를 고르기 시작한다.

"참, 도선이 너 법당에 있던 단주 못 보았느냐?"

큰스님이 흘끗 돌아보며 묻는다. 개미들이 도선의 손등을 타고 기어오른다.

개암스님은 법당 안을 이리저리 두리번거린다. 기이한 문양이 새겨진, 알이 호두만큼 굵은 일곱 알 단주는 이 절에서 이백 년 넘게 물려내려온 것이었다. 큰스님만이 이따금씩 손을 댈 뿐 다른 이들은 그저 조심스럽게 바라보기만 하던 단주였다. 개암스님이 가벼운 한숨을 내쉬며 법당을 나간다. 도선은 부처님 앞에 단주가 놓여 있던 빈자리를 손으로 쓸어본다.

 비가 올 듯 하늘이 영 개운치 않아 보인다. 방 안에 들어온 벌레들을 쓸어 마당에 놓아주고 돌아서려던 도선은 탑 앞에 서 있는 큰스님을 본다.
 "까막눈인 놈이 좋은 붓자루 하나 쥐었다고 해서 좋은 글을 쓸 수 있는 건 아니지."
 큰스님은 도선의 시선을 외면한 채 혼잣말처럼 중얼거린다. 도선은 숨이 탁 막히는 듯한 느낌에 입을 열려 했지만 마땅히 할 말이 떠오르지 않는다.
 "겉부터 멍든 과일은 도려내서라도 먹지만, 겉은 멀쩡하고 속만 곯은 과일은 전부 썩어들어갈 때까지 상한 줄도 모르고 내버려두게 되는 법이야."
 저녁 무렵, 굵은 빗줄기가 쏟아지기 시작했다. 아궁이 앞에 앉아 있는 도선의 목덜미에 땀이 배어난다. 본래 남의 말에 무딘 도선이지만 낮에 들었던 큰스님의 말이 종일 귓가를 맴돈다. 도선을 겨냥한 듯한 그 몇 마디는, 생각할수록 불쾌함과 함께 마음속 밑바닥에 깔려 있던 서운함을 치밀어오르게 했다. 도선은 옷을 털고 일어나 선방으로 향한다. 큰스님은 도선의 인기척에도 고개를 돌리지 않은 채 책장을 넘긴다.

"낮에 하셨던 말씀, 무슨 가르침인지 이해가 가지 않습니다."

작정하고 온 도선은 굽히지 않은 눈빛으로 큰스님을 정면으로 바라보며 물었다.

"말이란 건 너 내키는 대로만 들으면 되는 거다."

무심한 대꾸에 맥이 빠진다. 그러나 이내 한 걸음 더 다가서서 낮고 단단한 목소리로 입을 열었다.

"혹, 제가 단주에 손을 댔다고 생각하신다면 오해십니다. 제가 왜 그런 짓을 하겠습니까?"

"여기 나가면 잘 알아보아라. 이왕이면 물건 알아주는 곳에서 값이나 제대로 받는 편이 좋지."

얼굴이 달아오른다. 도선은 자신의 방으로 달려간다. 서랍장 속의 옷가지 두어 벌과 불경, 노트 몇 권을 꺼내고, 들어올 적에 가지고 왔던 큼직한 가방을 들쳐멘 채 다시 선방으로 돌아왔다. 방바닥 위로 물건들을 전부 쏟아놓는다. 큰스님의 미간에 가느다란 주름이 잡힌다.

"제가 가진 건 이게 전부입니다. 더이상 바라는 것도, 소유하고 싶은 것도 없습니다. 저는 그저…… 스님이 되고 싶을 뿐입니다."

공기의 흐름이 멈춘 듯 짧은 침묵이 흐른다. 그때, 큰스님이 낄낄거리는 소리를 내며 웃기 시작한다. 고개를 설레설레 저으며 끊임없이 웃던 큰스님은 이내 숨까지 차오르는 듯 낯빛이 붉어진다.

"바로 그거다. 넌 아무것도 가진 게 없고 가질 용기도 없는 놈이기 때문에 아마 죽었다 깨어나도 중놈은 될 수 없을 게다. 이런 못난 놈! 저따위가 네 전부라고? 제 것은 하찮게 여기며 남의 것만 탐내는 이 미욱한 놈! 허기사, 너 같은 놈이야 절뿐 아니라 어딜 가도 개차반이 아니겠냐만은."

빗물에 젖은 탑의 빛깔이 어둡다. 비가 잠시 멈춘 사이, 흐린 새벽빛이 산사 마당 위에 가라앉는다. 조용히 방문을 밀어닫는 도선의 손이 까칠하다. 발소리를 죽여 법당 앞을 지나친 도선은 서둘러 일주문을 나선다. 어깨에 걸친 가방을 고쳐멘다. 산에 들어올 때 입고 온 옷이 겨울옷이라 승복을 그대로 입고 나온 것이 마음에 걸린다. 얼마쯤 걸어가던 도선은 문득 멈춰서 절 뒤의 염주밭 쪽을 돌아본다. 질퍽해진 흙이 걸음에 엉겨붙을 때마다 누군가 뒷덜미를 덥석 잡아챌 듯한 기분에 목줄기가 타들어가듯 건조해진다. 나뭇잎에 매달려 있던 빗물들이 떨어져 옷을 적신다. 요란한 굉음과 함께 천둥이 내리치더니 다시 빗줄기가 떨어지기 시작했다. 도선은 물안개에 자꾸 부옇게 흐려지는 시야를 접어버리고 산길 옆 상수리나무 아래로 몸을 피한다. 팔뚝에 돋아나는 소름을 문지르며 파랗게 질려가는 입술을 지그시 물어본다. 산길의 흙이 빗물에 쓸려내려간다. 슬그머니 산사의 위치를 더듬어보지만 여느 때 같으면 훤히 드러났을 산사의 지붕이, 안개 속에 깊이 묻혀 보이지 않는다. 도선은 다시 길에 올라선다.

산 아래쪽에서 어렴풋이 사람의 윤곽이 드러난다. 빗물로 뻑뻑해진 눈을 비비고 힘주어 앞을 바라본다. 금방이라도 빗줄기에 뚫어질 듯한 비닐우산에 머리만 간신히 가릴 정도로 버티며 올라오는 사람은 긍골 노파였다.

모기향이 푸르스름한 연기를 뿜어내며 타들어간다. 눅눅한 골방 바닥에 누운 도선은 몸을 뒤척인다. 얻어입은 노파의 옷에서 연한 파스 냄새가 풍긴다. 노파는 뜨거운 아욱죽을 내왔다. 시선을 떨어뜨린 채 앉아 있는 도선에게 노파가 숟가락을 쥐여준다. 알맞게 익어 새콤한 냄새를 풍기는 무와 김이 솟는 죽을 보자 군침과 함께 식욕이 솟구친다. 그러나 염치를 생각하여 소리나지 않게 침을 삼키고 천천히 수저질을 한다. 문득, 노파가 아직 자신을 스님으로 여긴다는 데 죄스러운 마음이 들어 낮게 입을 연다.

"저, 산에서 내려왔습니다. 아무래도 스님이 될 수 없을 것 같아서요."

여전히 웃는 얼굴로 도선을 바라보던 노파는, 엉덩이 걸음으로 장롱으로 다가가더니 뒤척이며 무언가를 찾아 꺼낸다. 노파가 내민 것은 이음새의 실밥이 터져나온 낡은 앨범이었다. 앨범을 열자 색이 누렇게 변한 오래된 흑백사진들이 드러난다. 도선은 앨범을 몇 장 넘겨보다가 문득, 무슨 생각이 난 듯 다시 첫번째 장으로 앨범을 넘긴다. 처음 칸의 사진을 갸웃하며 바라보던 도선은 이내, 짧은 감탄사를 내뱉는다. 사진 속에는 조금 굳은 표정으로 경직된 채 서 있는 사내와 그 옆에 수줍은 얼굴의 처녀가 나란히 담겨 있었다. 젊을 때의 모습이긴 했지만 도선은 그 고운 처녀가 앞자리에 앉은 궁골 노파라는 것을 어렵지 않게 알아챌 수 있었다. 도선을 놀라게 한 것은 처녀의 어깨 위에 손을 얹고 선 사내였다. 사내의 얼굴 위로 큰스님의 모습이 겹쳐오른다. 노파는 얼떨떨한 표정으로 앉아 있는 도선의 무릎을 다독였다.

"어…… 어."

어머니의 앙상한 손이 도선의 얼굴을 쓰다듬는다. 도선의 삭발한 머리를 보며 어머니는 묘한 표정을 짓다가 손에 들려준 족발을 보자 정신없이 입에 쑤셔넣는다. 도선은 노동판에서 헤매는 며칠 사이 꺼끌꺼끌해진 머리 위를 손바닥으로 쓸어본다. 어머니는 허겁지겁 족발을 먹다가 도선과 눈이 마주치면 소리를 내며 웃는다. 씹다 만 고깃점들이 입 밖으로 튀어나온다. 도선은 어머니의 옷 앞섶에 떨어진 것들을 닦아낸다. 갑자기 어머니가 손을 부르르 떤다. 순식간에 얼굴이 하얗게 변하더니 팔다리를 휘젓기 시작했다. 놀란 도선이 간호사를 부르자, 간호사는 느릿느릿 다가오더니 어머니의 등을 몇 차례 세게 두드리고는 입 안으로 약을 밀어넣는다. 급작스러운 홍분으로 오는 일시적인 증상이라 했다.

병원에서 나온 도선은 변두리의 여관을 잡았다. 여관은 폐선의 선실처럼 허름하다. 도선은 밀려오는 피로에 취해 이불 위로 쓰러졌다.

어렴풋이 빗소리가 들려온다. 주전자를 찾아 물을 들이켠다. 새벽 두시다. 화장실 불을 켜자 거울 너머로 빛바랜 초상화 같은 모습이 드러난다.

도선은 면도날로 머리카락을 밀어본다. 빗나간 날이 살갗 위에 흠집을 낸다. 피가 배어나오는데 아무런 느낌이 없다. 멀리 도로에서 차의 경적 소리가 희미하게 들려온다. 세면대 위로 면도날이 예리한 소리를 내며 떨어진다.

잿빛 눈발이 날리던 그해 겨울, 도선은 점퍼를 뒤집어쓴 채, 굴다리 밑에 쭈그리고 앉아 있었다. 발가락에서부터 시작된 동상의 통증이 가슴과 머릿속까지 가지를 뻗는 듯했다. 고개를 숙인 그의 앞으로 지나다니는 사람들의 말소리, 발소리가 마치 두꺼운 유리창 너머로 들리는 듯 멀게 느껴졌다. 깊고 달콤한 졸음이 머릿속 한구석을 녹이며 젖어들었다.

"하따, 고러다 얼어죽겄소잉."

무언가 묵직한 것이 얼굴에 와 닿았다. 그것에서 뿜어나오는 뜨뜻한 기운이 오른쪽 뺨을 녹인다. 목소리의 주인이 혀를 끌끌 차며 도선의 손에 쥐여준 것은, 구수한 냄새를 풍기는 옥수수빵이었다. 맞은편 자리에서 양은대야에 담긴 옥수수빵이며 감자떡 등을 팔고 있던 노파였다. 이가 빠져 허물어진 노파의 잇몸 사이로 부연 입김이 뿜어져나오고 있었다.

"젊은 사램이 얼굴이 이게 뭐꼬잉, 쯧쯧."

안쓰러운 듯 도선의 어깨를 두드리는 노파의 손길이 그렇게 따뜻할 수가 없다.

"부모가 보믄 얼마나 속상헐거나…… 이름이 뭐꼬?"

노파의 주름진 손이 손등을 덮는다. 도선은 가물거리는 의식을 치켜세우며 노파의 모습을 바라본다. 어…… 엄마. 부스스한 은빛 머리칼이 바람에 나부끼는 노파의 얼굴에서 도선이 아스라이 본 것은 어린 시절 보았던 어머니의 미소였다.

버스는 비포장도로를 덜컹이며 달린다. 도선은 스펀지가 삐져나온 의자에 앉아 스쳐가는 풍경들을 내다본다. 개운한 햇살이 산등성이로 눈부시게 내리쬔다. 산사는 비어 있었다. 절 뒤로 돌아가 산을 오른다. 염주밭 저 안쪽에 큰스님의 모습이 보인다.

"도망간 놈이 어쩐 일로 돌아왔느냐?"

도선은 밭 안으로 성큼 들어선다. 낮은 지대에 있는 약한 줄기들이 장마에 맥없이 꺾인 채로 아무렇게나 널브러져 있었다. 도선은 쓰러진 줄기들을 주저없이 밟으며 큰스님을 향해 걸어간다.

"잃어버렸던 것을 찾았습니다."

선방 안은 도선이 떠날 때와 달라진 것이 없다. 마치 아침에 방을 청소하고 낮에 다시 들어온 것 같다. 한참 동안 말이 없던 큰스님이 천천히 입을 연다.

"그게, 뭘 어쨌다는 거냐?"

도선은 문득, 큰스님의 얼굴에서 이제까지는 느끼지 못했던 세월을 읽는다. 검버섯이 핀 입가를 가만히 보고 있던 도선은 차분한 목소리로 말을 꺼낸다.

"스님, 혹시 제 이름을 아십니까?"

도선은 대답할 사이를 주지 않고 덧붙인다.

"제 이름은, 저는 김영진입니다."

방 안에 잠시 고요한 기운이 감돈다. 개암스님이 돌아왔는지 마당을 비질하는 소리가 들려온다. 큰스님의 숨소리가 낙엽 사이를 지나는 가을바람처럼 메마르다. 큰스님은 미간을 살짝 찌푸리며 도선을 바라본다. 도선은 그러한 반응에 연연하지 않고 차분히 말을 잇는다.

"저는 제 이름을 잊고 지냈습니다. 그래서 이제껏, 제게 남은 것은 아무것도 없다고 생각했었습니다. 하지만 제가 버렸던 그 이름 석 자에, 모든 것이 담겨 있었습니다."

도선의 말에 큰스님이 지금까지의 침묵을 깨고 묻는다.

"그 모든 것이 무엇이냐?"

"그것은…… 어머니, 동생 경주, 견딜 수 없던 외로움과 절망, 제 낡은 운동화, 사계절을 가리지 않고 불어오는 찬바람입니다. 그리고……"

잠시 간격을 두고 도선은 긴 숨을 몰아 내쉰다. 도선은 가슴속의 얼레를 풀듯 말을 계속한다.

"큰스님의 가르침은 그와 같던 제 삶을 버리고 도망치고자 했었던 저의 이기적이고 추한 욕망에 대한 꾸짖음이었음을 알았습니다. 저는 이제껏 견디기 힘들었던 나를 버리기 위해 불제자가 되려는 잘못된 생각을 해왔었습니다."

큰스님은 눈을 감고 한동안 말이 없다. 큰스님이 부스스 자리에서 일어나 소리없이 방문을 나선다. 잠시 망설이던 도선이 그

뒤를 따른다. 큰스님은 법당을 지나쳐 마당 뒤쪽으로 향한다. 도선이 영문을 모른 채 서 있는 사이 큰스님은 골방에서 커다란 나무상자를 들고 나왔다. 마당 흙 위에 나무상자를 뒤엎자, 각종 크기의 수많은 염주들이 쏟아져나온다. 손때가 잔뜩 묻은 것도 있고 아직 사람의 손이 닿지 않은 새것도 보였다. 도선은 그 사이에서 낯익은 염주를 발견한다. 법당에서 없어졌던 단주였다. 공양간으로 들어간 큰스님은 이내 불이 붙은 장작 하나를 들고 나왔다. 도선이 미처 짧은 비명을 내뱉기도 전에 장작은 염주더미 위로 던져졌다. 불길은 능숙한 몸짓으로 염주들을 휘감고 서서히 태워간다. 줄어들었다 커지기를 반복하는 불길 속에서 염주알들이 까맣게 그을린다. 큰스님이 염주밭을 돌보기 시작한 이래로, 삼십 년 넘게 직접 만들어 모아온 염주들이다. 불길이 솟는 동안 큰스님은 아무 말도 하지 않는다. 매캐한 냄새와 함께 검은 연기가 피어오른다. 큰스님은 타닥거리며 타고 있는 불 속으로 나무상자를 밀어넣는다. 불길은 입맛을 다시며 상자 위를 덮친다.

약해지던 불길이 조용히 잦아들며 부연 연기만을 몇 가닥 흘려보내게 되었을 무렵, 도선은 흙 위에 잔뜩 쌓인 검은 잿더미를 멍하니 바라보다 큰스님에게 눈길을 옮긴다. 잿더미 너머 큰스님의 몸이 왜소해 보인다.

"네가 버릴 것은 아무것도 없다. 그러나 가진 것이 무거운 만큼, 또한 가벼워져야 한다."

나직하게 말한 큰스님은 잿더미 향해 걸어간다. 부스러지듯 밟히는 잿더미 위에 선 큰스님이 도선을 향해 여느 때와 같은 매서운 말투로 묻는다.

"지금 여기에 서 있는 것이 누구냐?"

"……큰스님입니다."

약하게 불어온 바람이 큰스님의 옷자락을 흔든다. 큰스님은 고개를 젓는다.

"이곳에 서 있는 것은 너다."

기초선원에 관한 이야기를 꺼낸 것은 개암스님이었다. 행자수행을 그만큼 했으니 선원을 통해 정식교육을 받는 것이 좋겠다는 것이었다. 도선은 툇마루에 앉아 가을바람에 흔들리는 풍경 소리를 듣는다. 궁골 노파가 가지고 온 소쿠리 속에는 도토리묵이 가득 담겨 있었다.

개암스님은 더운물이 담긴 대야를 들고 선방으로 들어간다. 큰스님은 보름이 넘도록 자리에서 일어나지 못하고 있었다. 도선과 개암스님은 아침저녁으로 번갈아 허리와 무릎찜질을 하고 죽을 끓였다. 노파가 근심 어린 얼굴로 약초를 달여오기도 했지만 큰스님은 좀처럼 무언가를 입에 대려고 하지 않았다.

원무과에서 상담을 마치고 나온 개암스님이 도선을 부른다. 내년 봄에 선원에 들어가게 되었다고 했다. 쉬는 틈틈이 산사에 다녀갈 수는 있을 듯했지만 선원의 교육기간은 사 년이다. 기차를 타고 돌아오는 동안 도선은 차창 너머로 흘러가는 마른 산등성이들을 내다본다. 부드러운 굴곡 사이로 청명한 하늘빛이 차올라 있고 겨울햇볕이 그 사이로 긴 몸을 누인다. 차창에 어리는 도선의 뺨 위에 머물던 햇볕은 이내 터널을 지나며 까맣게 지워진다.

법당에는 긍골 노파가 앉아 있었다. 노파의 뒷모습은 또하나의 불상처럼 꼼짝도 하지 않은 채 가벼이 불어오는 바람에 잔 머리칼만을 흩날리고 있었다.

도선은 큰스님의 방문을 두드린다. 인기척이 없다. 조심스레 방문을 연다. 큰스님의 여윈 두 손이 이불 위에 가지런히 포개어져 있다. 주름진 얼굴에는 모든 번뇌가 물러가고 난, 온화한 미소가 스며 있는 듯했다. 도선의 어깨 너머로 내리비친 해저물녘 노을빛이 방바닥에 고즈넉이 고인다.

"큰스님은 주무셔?"

개암스님의 나지막한 목소리에 큰스님이 눈을 뜬다. 도선을 발견한 큰스님이 엷은 미소를 짓는다.

긍골 노파가 쓰러진 것은 그날 밤이었다. 읍에 있는 병원으로 옮겨졌지만 며칠을 버티지 못하고 숨을 거두었다. 상은 조용히 치러졌다. 도선은 노파의 몸이 화장되기 전에, 머리에 꽂혀 있던 옥비녀를 보았다. 유골함을 들고 강가에 나가던 날은 첫눈이 내렸다. 연이어 나린 눈발 속에 산사는 세상 속에서 지워진 듯 흰 산속에 묻혀 겨울을 보냈다. 큰스님은 여전히 자리에서 일어나지 못한 채 잠들어 있는 시간이 길어졌다. 염주밭은 무릎까지 눈에 잠겨 동면을 취하고 있었다.

발아래 밟히는 땅의 촉감이 부드럽다. 봄은 귀밑을 스치는 바람만으로도 느낄 수 있었다. 도선은 소반에 죽을 올려 선방으로 가지고 들어간다. 부축을 받아 몸을 일으키는 큰스님에게서 마른 풀뿌리 향기가 난다.

"오늘이더냐?"

큰스님이 나직이 묻는다.

도선의 짐은 들어올 때 가지고 왔던 가방 한 개에 넉넉하게 들어갔다. 법당에 배를 올리고 마지막으로 큰스님께 인사를 올린다.

큰스님은 불편한 몸을 이끌며 마당까지 배웅을 나온다. 개암스님이 앞장서고, 도선이 그 뒤를 따른다.

"도선아."

지팡이에 몸을 의지하던 큰스님이 일주문에 몸을 기대고 도선을 바라본다. 그 모습에 괜히 목이 서걱해진 도선은 굳은 침을 삼키고 뒷머리를 긁적인다.

"업이란 건, 외면하고 도망친다 하여 벗어지는 것이 아니라 받아들이고 풀어야 하는 것이다."

도선은 큰스님의 입에서 흘러나오는 가느다란 한숨의 긴 떨림을 느낀다.

얼마쯤 내려오다 뒤를 돌아다보자 멀리 낯익은 뒷모습 하나가 어렴풋이 흔들리는 것이 보인다. 빛바랜 옷을 입고 비척거리며 멀어지는 것은, 산나물 소쿠리를 옆에 끼고 산사로 향하고 있는 궁골 노파였다.

도선은 몸을 돌려 저 위로 바라다보이는 산사의 처마 끝을 향해 고개 숙여 합장을 한다. 바람결에 풍경 소리가 아스라이 실려오는 듯하다. 앞서 산 아래쪽으로 내려가 있던 개암스님이 도선을 향해 손짓한다. 소나무 곁을 지나쳐 걷는 도선의 등뒤로 싸한 송진향이 그림자에 묻어났다.

양말 두 짝을 겹쳐 빨랫비누로 문지른다. 묽게 피어오른 거품은 금세 땟국이 되어 수챗구멍 속으로 흘러들어간다. 남자의 양말짝은 목이 늘어나 있다. 팬티도 허리 고무줄이 축 늘어졌다. 남자 가까이에 있는 것들은 하나같이 탄력을 잃는다. 나는 누렇게 찌든 남자의 팬티와 티셔츠를 겹쳐 벅벅 문질러 빨다가, 툇마루 쪽을 노려본다. 구부정하게 앉아 나를 쳐다보고 있던 남자가 움찔하며 시선을 돌린다. 노파가 마늘 껍질을 벗기듯 머리카락을 밀어놓은 남자의 머리통이 허옇다. 나는 남자에게 시선을 둔 채로 수챗구멍을 향해 퉤, 침을 뱉는다. 남자는 슬그머니 자리에서 일어나 방으로 들어간다. 굳은살이 박여 갈라진 그의 발뒤꿈치가 눈에 들어온다. 살갗이 드러난 그 틈마다 굵은 소금을 뿌려넣고 싶다. 남자는 넙치처럼 넙적한 몸을 펄떡이며 고통스러워할까.
그러면 남자에게서도 살아 있는 생물의 비릿한 숨냄새가 풍길지
모르겠다.

"옳지, 이것도."

밥상 앞에 앉은 노파는 남자의 숟가락 위에 호박무침을 얹는
다. 남자는 한껏 퍼올린 밥과 호박을 입 안에 쑤셔넣고는 눈을 크
게 뜬 채로 씹는다. 음식물의 양을 버텨내지 못한 입술 틈으로 비
질비질 새어나온 음식 국물이 턱과 목을 타고 흐른다. 노파는 손
등으로 남자의 턱을 훔쳐내고는, 밥상 위를 두리번거리다가 장조
림 고깃덩어리를 집어올린다. 그네는 손톱 밑이 까만 손으로 장
조림 고기를 죽죽 찢어 남자의 입 속에 밀어넣는다. 나는 밥을 물
에 만 내 밥그릇 속에 어느새 둥둥 떠다니고 있는 정체 모를 기름
기를 발견한다. 장아찌 외에는 손도 대지 않았는데 자잘하게 떠
있는 기름기를 보니 욕지기가 치민다. 수저를 놓고 밥상 앞을 떠
난다. 부엌에 들어서자 달달하고 짭조름한 장조림 간장 냄새가
부유한다. 찬장을 열고 깊숙이 안쪽에 포개어져 있는 큼직한 쇠
그릇을 들어올린다. 맨 위쪽 쇠그릇에는 죽은 지 오래되어 바싹
마른 벌레 두 마리가 담겨 있다. 나는 아래 그릇에서 눅눅해진 담
배와 라이터를 꺼낸다. 부엌문을 걸어잠그고 담배에 불을 붙인
다. 금세 부연 연기가 간장 냄새를 짓밟으며 좁은 실내를 장악하

기 시작한다. 천천히 연기를 뿜어내며 부엌 천장에 매달린 침침한 알전구를 올려다본다.

구인 광고지를 본 것은 한 달 전이었다. 나는 시식코너에 서서 온종일 돈가스를 굽느라 복어처럼 부어오른 종아리를 주무르다 잠들곤 했다. 케첩을 사은품으로 끼워주는 돈가스는 하루에 이백 개 가량 구워졌다. 프라이팬에서 지글지글 튀겨지는 돈가스를 보고 있노라면 이상하게 자꾸 등줄기가 저려왔다. 방으로 돌아와 이부자리에 누우면 옆에 몸을 웅크리고 있던 어머니는 내 몸에 밴 기름 냄새에 소리 죽여 콩콩거렸다. 어머니는 나흘에 한 번꼴로 집에 들어왔다. 어머니가 나갈 때마다 방에 숨겨둔 돈들은 동전 한 개 남김 없이 기가 막히게 사라졌다. 어머니는 이십 년이 넘도록 화투짝을 손에서 놓지 못했다. 새 인생을 살아보겠다고 분식집에서 김밥을 말거나, 지하철 청소부 일을 시작한 적도 없는 것은 아니다. 그러나 매번 일주일을 넘기지 못하고 다시 자신의 서식처로 달음박질쳐갔다. 이걸 안 쥐고 있으면 손이 저려. 어머니는 젖먹이가 어미의 젖을 만지작거리며 잠들듯, 등이 붉은 화투짝을 손에 쥐고 주물럭거리다가 눈을 감곤 했다. 나는 아침이면 방바닥에 한 움큼씩 빠져 있는 어머니의 머리칼을 쓸어, 흩날리지 않도록 손바닥으로 잘 비벼 뭉쳐버렸다.

불을 끈다. 어둠이 사방의 소리를 덮는다. 옆자리에 누운 남자가 침을 삼킨다. 옆방의 노파는 촉수를 곤두세우고 있을 것이다. 수상쩍은 부스럭거림을 기다리고 있을 노파의 번들거리는 눈빛이 점액질의 느낌으로 살갗에 닿는 듯하다. 나는 남자로부터 돌아누워 눈을 감는다. 손끝으로 장판을 긁적거리던 남자는 이내 돌 굴러가는 소리를 내며 코를 골기 시작한다. 노파의 헛기침 소리가 들려온다. 이곳에 들어온 이후로 불면증이 심해졌다. 억지로 눈을 감고 있으려니 눈꺼풀 사이에 먼지가 낀 듯 눈은 점점 뻑뻑해진다. 밤이 깊어갈수록 젤리처럼 물컹해지며 녹아들어야 할 의식은 도리어 시멘트처럼 창백하고 단단하게 질려간다. 적막하다. 어머니는 지금 어디에 있을까. 나는 손톱 끝을 질근거린다. 앞니 사이에서 손톱 조각이 잘리는 분절음이 고막에 퉁명스럽게 부딪친다.

노파가 배추밭에 멈춰 선다. 짙푸르게 펼쳐진 배추밭에서 흙비린내가 난다. 줄지어 선 배추통들이 겁없이 허공을 향해 이파리를 벌리고 있는 배추밭이 드넓다. 노파는 신고 있던 고무슬리퍼를 벗고 맨발로 밭고랑을 딛는다. 밭 가운데에서는 웃통을 벗은 남자가 비료포대를 짊어지고 거름을 주고 있다.

"쟈가, 심성이 너무 무뎌서 그렇지 장정 두 사람 몫은 하는 아여."

말을 꺼낸 노파는 재촉하듯 나를 쳐다본다. 나는 마지못해 바짓단을 걷어붙이고 밭고랑으로 들어선다. 축축한 흙이 넉살 좋게 슬리퍼를 감싼다. 고랑에 쭈그리고 앉아 배추통 사이에 잔털처럼 돋은 잡초를 골라내기 시작한다. 자잘한 벌레들이 잡초포기 사이를 지나 재빠르게 검은 흙 속으로 몸을 숨긴다. 금세 아랫배가 당겨온다. 나는 기우뚱하는 몸을 가누다가 이내 바닥에 퍼질러 주저앉고 만다. 아랫도리가 습해지며 한기가 오른다. 남자가 비료 묻은 두 손을 치켜든 채 내 쪽을 쳐다본다.

그 일이 있기 전, 나는 병수와 도봉산에 갔었다. 우리는 산 어귀에서 양념치킨을 포장해들고 계곡을 낀 산길을 올랐다. 약수터에 걸린 주홍빛 플라스틱 바가지로 물을 들이켜고, 공중화장실 뒤편에서 병수는 몰래 담배를 피웠다. 병수는 내가 서 있는 시식코너 맞은편 정육점에서 일하는 직원이었다. 그는 피부가 희고 입술이 얇고 붉었다. 정육점 불빛 아래서 고기를 썰어담는 그의 손등은 마치 홍등가 소녀의 이마처럼 창백했다. 그의 왼쪽 눈 흰자위에는 검은 피멍 자국이 있었다. 눈수술 후에 남은 흔적이었다.

한때 친구였다는 무리들에게 밤길 구타를 당한 뒤 그는 왼쪽

안구가 심하게 손상되었다. 그에게는 가족이 없었다. 나는 한밤
중에 병원에서 온 연락을 받고 응급실로 달려갔다. 병수의 휴대
폰 마지막 통화기록에 남아 있는 것이 내 번호였기 때문이었다.
그는 그날 매장 마감시간, 내가 화장실에 간 사이 전화를 걸었었
다. 매니저가 급하게 찾는다는 것이었다. 매니저는 내가 맡은 돈
가스 기획세트가 타 매장에 비해 판매실적이 저조하다는 타박을
늘어놓았다. 나는 일주일 동안 퇴근길에 병실에 들러 병수를 간
호했다. 그리고 그가 퇴원하던 날 부족한 병원비를 빌려주었다.
그뒤로 우리는 종종 병수가 다듬은 돼지고기로 함께 제육볶음을
만들어 먹곤 했다.

　도봉산에서 내려온 우리는 근처 여관을 찾았다. 나프탈렌 냄새
가 심한 방 안에는 모기가 많았다. 손가락으로 잠든 병수의 등에
낙서를 하며 나는 밤늦도록 잠들지 못하고 뒤척였다. 낯선 번호
로부터 여섯 통이 넘는 전화가 걸려왔지만 받지 않았다.

　선풍기는 덜덜거리며 돌아간다. 노파는 선풍기를 남자 쪽으로
돌려놓고 자신은 기름때에 찌든 삼색 부채를 부친다. 나는 신문
지를 펼치고 남자의 발톱을 깎는다. 두꺼운 발톱 사이에 검은 흙
이 때처럼 끼어 있다. 노파는 툇마루 기둥에 등을 기대고 앉아 흐
뭇한 표정으로 나와 남자를 쳐다본다. 발톱인 줄 알고 자른 것이

남자의 살점이다. 남자가 움찔한다. 금세 핏방울이 배어나와 발톱 주변을 타고 번진다. 남자는 노파의 눈에 띄기 전에 재빨리 발을 엉덩이 밑으로 감춘다. 그러고는 칭찬을 기다리는 어린아이처럼 나를 쳐다본다. 나는 남자를 외면한 채 시커먼 발톱 조각이 담긴 신문지를 들고 일어선다.

붉은 봉숭아 꽃잎과 이파리가 공이 밑에서 짓찧어진다. 노파는 백반을 집어 흩뿌리고 다시 부지런히 공이를 놀린다. 화단에는 꽃잎을 뜯긴 봉숭아가 더욱 대찬 푸른빛으로 줄기를 빳빳이 세우고 있다. 노파는 짓이겨져 시큼한 냄새가 나는 봉숭아를 떼어내 제 발톱 위에 얹는다. 그러고는 기다란 이파리로 감싸고 실로 둘둘 묶는다. 남자가 투박한 손으로 봉숭아를 떼어들고는 내 손을 흘끔거린다.

"혀라, 너도 혀."

노파가 나를 향해 턱짓하며 말한다. 그러자 남자가 기다렸다는 듯 내 왼손을 끌어당겨 새끼손톱 위에 봉숭아를 얹는다. 그러고는 반창고를 붙이듯 조심스럽게 이파리로 감는다. 실을 꽉 조여 묶은 새끼손가락이 얼얼하다. 남자는 막 캐낸 감자 같은 얼굴로 웃는다.

"가서 옥수수 대엿 개 따와라. 밤참으로 쪄묵게."

노파는 나와 남자를 떠밀듯 대문 밖으로 내몬다. 남자는 히죽거리며 앞장선다. 노파의 옥수수밭은 배추밭에서 한참 떨어져 있다. 낮게 깔린 어스름에 발목이 잠긴다. 남자는 서너 걸음 걷다가 내 쪽을 돌아보고 실쭉 웃고 다시 몇 걸음 걷다 돌아보기를 반복한다.

고등학교 동창의 결혼식이 있던 주말이었다. 스물다섯 살의 우리들 중 가장 먼저 결혼을 하게 된 동창이었다. 결혼식은 부산에서 치러졌다. 싱싱한 해산물이 많은 뷔페 식의 점심을 먹고 서울에 올라오니 벌써 밤이었다. 집의 현관문은 열려 있었다. 웅크리고 잠든 어머니 대신 어지럽게 흩어진 가재도구들이 눈에 들어왔다. 전자레인지 위에 걸터앉아 있던 사내가 가장 먼저 나를 발견했다. 그나마 성하게 남아 있던 전자레인지의 뚜껑이 마지막으로 깨져나갔다. 어머니는 사라졌다. 어머니가 남긴 빚은 내가 한푼도 쓰지 않고 십 년 넘게 돈가스를 구워야만 만들 수 있는 돈이었다. 사내들은 다음날 마트로 찾아와 프라이팬 위의 돈가스들을 익는 족족 전부 집어먹고 갔다. 그들은 담보 차원이라며 말로만 듣던 신체포기각서를 강요했다. 나는 혼자 방에 들어가 잠들기가 무서워 일이 끝나면 병수의 집으로 향했다. 병수에게 병원비를 돌려줄 수 없겠느냐고 물었다. 병수는 입술을 깨물며 미지근한 보리차를 들이켰다.

"혼인신고 후에 바로 나머지 금액 드립니다."

목소리가 허스키한 중년의 남자는 몇 차례 기침을 한 뒤 말을 이었다.

"노인네도 참. 배추밭까지 팔아가면서……"

말꼬리를 늘이며 쌍화차를 마시는 중년 남자는 씁쓸한 실소를 짓는다. 그놈 장가가서 자식 하나 보는 게 어머니 평생 소원이라. 요새는 중국이다 베트남이다 많이들 들여와서 결혼하드만 외국인은 죽어도 안 된다니, 원. 계약서를 접어넣고 선약금을 지급한 중년 남자는 서울에 사는 노파의 둘째아들이라고 했다. 내가 혼인신고를 하게 될 남자는 노파의 막내아들이었다. 첫째아들은 몇 해 전 처가가 들어가 있는 미국으로 이민을 갔다고 했다. 나는 가벼운 현기증을 느끼며 부옇게 얼룩진 창밖을 내다보았다.

선약금과 함께 혼인신고를 마치고 받은 돈, 방을 뺀 전세금은 고스란히 어머니의 빚을 지우는 데 쓰였다. 방을 비우기 전날 병수를 만났다. 병수는 내 손을 자기 볼에 끌어당겨 붙이고 울었다. 나는 병수의 어깨를 감쌌다. 그가 며칠 전 생닭을 파는 코너의 여직원과 함께 퇴근하던 뒷모습이 떠올랐으나 말을 꺼내지는 못했다. 일단 말해버리고 나면 모든 것이 사실이 되어버릴 것 같아 두려웠다.

날이 밝아온다. 나는 이부자리 위에서 몸을 일으킨다. 조심스럽게 방문을 열고 밖으로 나온다. 습기를 머금은 새벽공기가 목덜미에 달라붙는다. 맨발로 마당에 내려와 뒤뜰로 돌아간다. 얇은 거미줄이 쳐진 장독대들 사이에서 빈 독을 찾아 뚜껑을 연다. 안에 넣어두었던 간소한 짐가방을 꺼내고 나와, 툇마루 아래 댓돌에 놓인 신발을 집어든다. 대문의 빗장을 잡아빼려는데 등 뒤쪽에서 인기척이 느껴진다. 돌아보자, 방문 사이로 고개를 내밀고 있는 남자가 보인다. 그는 입을 반쯤 벌린 채 나를 쳐다본다. 나는 갑자기 그가 소리를 지르거나 난동을 피우지 않을까 싶어 숨을 멈춘다. 그러나 남자는 초식동물처럼 가만히 나를 바라본다. 흙이 묻은 발을 털고 다시 방으로 들어섰을 때, 옆방에서 기다렸다는 듯 노파가 아구구구 앓는 소리를 내며 기지개를 켜는 기척이 들려왔다. 남자는 손가락을 세워 자신의 납작한 코에 바짝 갖다대고는 조용히 하라는 시늉을 해 보인다. 자리에 눕는다. 그사이 새벽안개가 묻은 모양인지 머리칼에서 익숙지 않은 산냄새가 난다. 서서히 긴장감이 풀리며 졸음이 몰려온다.

"하여튼 대단한 노파여."

평상 위에 앉아 발치의 개를 쫓던 노인이 말한다. 그러자 옆에 앉아 부채질을 하고 있던 노인이 말을 거든다.

"대단할 게 뭐여, 제 자슥 이쁘면 넘의 자식 귀한지도 알아야
지. 다 늙어 노망난 게야."

노인은 부채 손잡이로 머리숱이 없는 정수리를 긁적이며 내 쪽
을 흘끗 쳐다본다. 나는 녹색 대문 안으로 자전거를 빌리러 들어
간 남자가 얼른 나오기를 기다리며 시선을 옮긴다. 마을의 노인
들은 나 들으라는 듯 부러 큰 소리로 말을 주고받는다. 이 빠진
잇몸 새로 바람과 함께 새는 이야기 중에 얼핏, 남자의 머리가 모
자란 것은 노파의 탓이라는 말을 들은 것도 같다. 그때 남자가 사
마귀처럼 길쭉한 자전거를 끌고 녹색 대문의 문턱을 넘어 나온
다. 노인들은 자연스레 화제를 더위와 장마 이야기로 옮겨간다.
다음주부터 장마가 시작된단다.

남자는 자전거 위에 올라타 나아가며 내게 뒤에 타라고 한다.
그러나 나는 남자로부터 뒤처진 채 느릿느릿 걷는다. 페달을 젓
느라 씰룩이는 남자의 엉덩이 밑으로 세모꼴의 검은 자전거 안장
이 볕에 반들거린다.

노파가 적어 건넨 목록에는 제사상에 올릴 북어와 약과 등이
적혀 있다. 남자는 비닐봉지에 담긴 여섯 개들이 술떡을 우물거
리며 자전거를 끌고 부지런히 나를 쫓는다. 주머니 속에서 진동
이 울린다. 나는 재빨리 휴대폰을 확인한다. 예전에 빌린 십만원
을 언제 줄 수 있느냐는 고등학교 동창의 문자메시지다. 대충 변

명을 하고 습관적으로 저장된 병수의 통화 버튼을 누르자, 없는 번호라는 안내메시지가 흘러나온다. 아랫배가 살살 아파온다. 나는 이곳에 내려온 지 이틀 뒤에야 병수의 전화번호가 바뀌었다는 사실을 알게 되었다.

전 부치는 냄새가 퍼진다. 어린 사내애가 부엌 문턱을 밟고 서서 비눗방울을 만든다. 소쿠리 위로 비눗방울이 날아다닌다. 쭈그리고 앉아 호박전을 부치던 여자가 뒤집개를 휘둘러 아이를 쫓아낸다. 나는 야채와 고기를 꿴 꼬치에 밀가루를 묻혀 계란 풀어놓은 그릇에 담근다. 막 그릇에 담그려는 꼬치를 여자가 신경질적으로 낚아챈다.

"밀가루를 묻혔으면 이렇게 탁탁 털어서 넣어야지."

나는 손을 거두고 여자 하는 양을 본다. 뭘 하나 제대로 하는 게 없어. 여자는 프라이팬 위에 기름을 들이붓다시피 하며 중얼거린다. 나는 못 들은 척, 덜 꿰어진 꼬치를 마저 꿴다. 둘째형의 처라는 여자는 나보다 대여섯 살쯤 많아 보인다. 남자는 괜히 마당을 서성거리며 부엌 쪽을 기웃거리다가 나와 눈이 마주치면 머리를 긁적이며 도망친다. 그래도 사내라고. 여자는 전이 담긴 소쿠리를 들고 일어서며 입을 삐죽인다.

노파가 나간 사이 제사상을 차리던 여자가, 앞으로는 제사 음식 가짓수 좀 줄이자고 불평한다. 옆에서 남은 제기들을 치우던 둘째형이 대답 대신 헛기침을 한다. 나는 툇마루로 나와, 음식을 나르다 얼룩진 마룻바닥을 훔친다. 뒤이어 마당으로 나와 담배를 피워물던 둘째형이 말을 건넨다.

"지내실 만한가?"

나는 모기가 달라붙는 발등을 내리친다. 툇마루 끝에서 실가락을 풀어내듯 연기를 피워올리고 있는 모기향이 무색하도록 모기들은 부지런히 모여든다.

"걔도 이맘때 태어났지. 어지간히 더운 날이었어. 어머니는 노산인데다 만삭이어서 그런지 걷는 것도 벅차 보였어. 근데도 매일 새벽같이 밭에 나갔지. 마을에서도 원주댁, 하면 억척스럽기로 소문이 나 있었으니까. 배추밭에서부터 몇 년 전에 형님하고 내가 팔아 없앤, 산 아래까지 논마지기들도 다 아버지가 객지로 방황하는 동안 어머니 혼자 평생 넓힌 것들이지. 그날은 어째 새벽부터 어머니 안색이 좀 창백하다 싶었지. 쉬라고 했지만 몸이 안 좋다고 집에 있을 어머니가 아니었어. 아니나 다를까 그날 정오쯤 배추밭에서 거름을 뿌리고 있는데 밭 가운데서 어머니가 갑자기 퍼질러 주저앉더니 쓰러지더라구. 큰형이랑 뭔 일인가 싶어 뛰어가니까 어머니 바지며 그 주변이 흥건하게 젖어 있더만. 어머니는 얼굴이 무 밑동마냥 퍼렇게 질려서 땀을 뻘뻘 흘리고, 양수에 피가 섞여서 흐르기 시작하는 거야. 큰형이나 나나 덩치가 조그맸으니 어머니를 들어올릴 수가 있었어야지. 지나가던 동네 아줌마가 와서 어머니 밑을 살펴보더니만, 벌써 애 머리가 보인 다네. 어머니를 집으로 옮기려고 부산 떠는 새에 아기 머리가 나 왔어. 목 졸려 죽지 않은 게 다행이라고들 하더군. 그게 다행인지 불행인지. 사람들 말대로 날 때 잘못 나서 그런지는 몰라도 낳고 보니까 저 모양이었지."

그는 담배꽁초를 바닥에 버리고 신발로 짓누른다.

"그때 내가 아홉 살이었는데, 한동안 양수와 핏물에 뜨뜻하게 젖어가던 흙이 잊혀지질 않았어. 그해에는 우리 밭에서 난 배추 는 입에도 안 댔지."

대문이 열리고 노파가 들어선다. 양옆에 큼지막한 단호박을 낀 남자가 뒤따라 들어온다. 입을 다문 둘째형은 바지 주머니에 손 을 꽂은 채 바람을 쐬고 오겠다며 밖으로 나간다.

"나다."

새벽부터 잠을 깨운 것은 낯선 번호로부터 걸려온 전화였다.

"날이 더워서 잠도 못 자고 깼다. 그래, 너는 지금 어디냐?"

어머니의 목소리 뒤로 사람들의 말소리가 들려온다. 내가 입을 닫고 있자, 어머니는 예의 그 긴 한숨을 내쉰다. 어머니는 할 말 이 없다느니, 면목이 없다느니 하는 말은 결코 하지 않는다. 예전부터 그래왔다. 어머니는 모든 상황을 자학이나 신세한탄에 대한 통곡으로 대신했다. 어머니의 목소리를 흘려들으며 방문을 연다. 마당이 떠내려갈 듯 거센 빗줄기가 쏟아진다. 파란 장화를 신고 우산을 든 노파가 마당을 가로질러 나간다. 노파의 검은 우산 꼭지가 부표처럼 빗속을 어른거리다가 사라진다.

"그쪽도 비가 억수로 오냐? 장마가 시작되니까는 아주 몸이 묵지근해서 못 살겠다."

다시 긴 정적이 흘렀다. 몇 번 기침을 하던 어머니는 슬그머니 말을 잇는다.

"근데 너 지금 있는 데가 어디라고 했지? 거기 나 잘 곳 좀 없겠냐?"

나는 휴대폰 종료 버튼을 누른다. 툇마루에 흥건히 고인 빗물을 보자 앉은 자리가 축축하게 젖어오는 듯하다. 방문을 걸어잠근 뒤 다시 잠을 청해보지만 귀가 따갑게 쏟아지는 빗소리 때문인지 좀처럼 눈이 감기지 않는다.

논밭을 살피러 나가는 마을 사람들이 빗줄기 사이로 유령처럼 오간다. 남자는 우비를 뒤집어쓴 채 성큼성큼 앞서 간다. 나는 노파가 이장집에 전해주고 오라는 냄비를 옆구리에 고쳐든다. 우산 안으로 들이치는 빗물에 어깨를 움츠리며 온통 부옇게 물안개가 피어오른 주변을 둘러본다. 남자가 배추밭 안으로 뛰어들어간다.

무슨 일인가 싶어 밭을 들여다보려는데 문득 발아래가 서늘해진다. 슬리퍼 아래 딛고 있던 흙이 허물어지며 몸의 중심이 기우뚱 흔들린다. 나는 악, 하는 짧은 비명을 삼킬 새도 없이 미끄러져 밭고랑으로 굴러떨어진다. 우산과 냄비가 멀찍이 날아가 밭에 처박힌다. 등허리와 뒤통수에 뻐근하고 날카로운 통증이 신경을 스쳐간다. 몸을 일으키려는데 뒤로 꺾인 발목이 벽돌처럼 무겁다. 배추밭을 살피던 남자가 뛰어온다. 남자는 당황스런 표정으로 어쩔 줄 몰라하다 비옷을 벗어 건넨다. 순간 속에서 울화가 치민다. 비옷을 받아들지 않자, 남자는 무릎을 낮춰 등에 업히라는 시늉을 해 보인다. 가까스로 일어나 남자의 등에 몸을 얹는다. 차가운 윗도리 너머로 살갗이 따뜻하다.

　　장마가 시작된 지 나흘째다. 노파가 닭을 삶는다. 나는 비를 맞은 다음날부터 몸에 열이 올랐다. 부어오른 발목에 차가운 수건을 감고 누워 천장을 올려다본다. 누군가 관자놀이를 지근지근 밟고 있는 듯 두통이 느껴진다. 남자는 옆에 앉아 이따금씩 내 발목에 감긴 수건을 만져보고는, 미지근하다 싶으면 재빨리 차가운 얼음물에 적셔 비틀어짜기 바쁘다.

　　노파는 닭국을 반도 먹지 않고 일어선다. 노파가 우산을 들고 빗속을 헤쳐가서 하는 일이라고는 빗줄기에 뿌리를 드러내고 쓸려내려가는 배추들을 망연자실하게 바라보는 것뿐이다. 산 아래 몇 집은 흙이 무너져내려 대피했다고 한다. 마당에는 발등이 잠길 듯 말 듯할 정도로 물이 찼다. 남자는 떠내려가는 양은 대야를 집어 툇마루에 올려두었다. 배추는 다음주에 중간상인에게 넘기기로 되어 있었다. 7월의 긴 장마철을 넘겼기에 짧은 우기쯤으로 예상했던 마을 사람들은 멈출 기미가 없는 빗줄기에 속수무책이었다. 나는 수액을 맞듯 잭에 꽂혀 충전되고 있는 휴대폰을 바라본다. 빨갛게 달아올라 있던 램프의 불빛이 녹색으로 바뀐다.

소란스럽다. 남자가 허둥지둥 나를 들쳐업는다. 노파가 무어라고 빽빽 외쳐대는 소리가 들려온다. 정신이 몽롱하다. 방문이 열리고 비바람이 살에 닿자 온몸이 한기로 인해 낙엽처럼 오그라든다. 어둠인지 빗물인지 모를 것이 출렁인다.

"정신이 좀 드나보네."

눈을 뜨자 내 얼굴을 들여다보고 있던 동네 여자가 혀를 차며 말한다. 주변에 몸을 옹동그리고 자거나, 모여서 소주를 들이켜거나 혹은 어두운 창밖을 내다보며 쓴 입맛을 다시고 있는 사람들이 보인다. 동네 여자는 이곳이 지대가 높은 폐교에 마련된 임시대피소임을 알려준다. 나는 남자의 무릎을 베고 누워 있다. 노파는 입을 다문 채 창가에 서 있다. 어둠 때문에 아무것도 내다볼 수 없는 칠흑 같은 창문은 벽과 다를 바가 없건만 끈질기게 그 밖을 응시한다. 남자는 주머니를 뒤적여 무언가를 건넨다. 내 휴대폰이다.

구조팀이 도착한 뒤 나는 시내의 허름한 병원으로 옮겨졌다. 남자는 보조침대에 마치 먼지 쌓인 화분처럼 앉아 있다. 밖에 나갔다 온 노파가 검은 비닐봉지를 내 발치에 내려놓는다.

"상근이네는 먹은 게 탈나서 고생이라더라."

노파가 말한다. 검은 비닐봉지 속에는 크림빵과 우유, 그리고 길쭉한 무언가가 비죽 튀어나와 있다. 내 시선을 느낀 노파가 비닐봉지 속에 담겨 있던 것을 꺼낸다. 분홍색과 파란색 세트의 실내용 슬리퍼다. 노파는 분홍색은 내게, 파란색은 남자에게 내민다.

"집 안에서 이거 신고 댕겨라. 맞는지 신어봐."

남자는 헤벌쭉 웃으며 슬리퍼 안에 발을 밀어넣는다.

"잘 맞네. 딱 맞어."

노파가 남자의 등을 두드린다. 나는 조잡한 청둥오리 십자수가 새겨져 있는 슬리퍼의 납작한 밑창을 내려다본다. 노파가 마을로 돌아간 뒤, 남자는 내 옆에서 부스럭거리며 빵을 먹는다. 낡은 텔레비전에서는 맛기행 프로그램이 방영되고 있다. 나는 남자의 콧잔등을 바라보다가 조심스럽게 입을 연다.

"서울, 가본 적 있어요?"

남자가 나를 쳐다보고는 잠시 멍청한 표정을 짓고 있다가 고개를 끄덕인다.

"나랑 서울 가서 살래요?"

내 물음이 끝나기가 무섭게 남자는 턱살이 흔들리도록 고개를 젓는다. 나는 남자의 머리통을 쥐어박고 싶은 충동을 참는다. 서울 가면 애도 낳고 잘살아볼까 했는데. 내가 중얼거리자 남자는 손으로 빵봉지를 만지작거리며 흘끗 내 눈치를 본다. 나는 한숨과 함께 돌아누우며 말을 덧붙인다.

"별수 없네. 그럼 나 혼자 가야지."

남자가 내가 덮고 있는 이불자락을 조심스럽게 그러쥔다. 블라인드가 반쯤 내려진 창밖으로 맑게 갠 하늘이 보인다. 나는 인파로 북적거리는 서울 시내의 찌든 매연이 그리워진다. 이곳은 사방이 온통 푸르러서, 막막하다.

흙에 휩쓸린 배추들은 형편없이 썩어간다. 노파는 인근 부대에서 지원 나온 군인들 속에 섞여 묵묵히 복구작업을 한다. 나는 그얼굴에서 절망이나 무력감의 기색을 찾아보려 했으나, 그네는 수해가 일어나기 전 밭을 돌보던 때와 다름없는 표정을 짓고 있다. 까맣게 주름진 얼굴이 단단해 보인다. 작업 도중에 잠시 허리를 편 노파와 눈이 마주친다. 나도 모르게 밭으로부터 몇 걸음 물러

난다. 사방에 널브러진 배춧잎의 악취는, 그 나이가 되도록 접힐
줄 모르는 노파의 헛된 탐욕에 가까운 집착덩어리가 짓물러가는
냄새 같다. 나는 오기가 생긴다.

남자는 잠들지 못하고 뒤척인다. 내가 가방 손잡이를 만지작거
리고 있기 때문이다. 남자는 불안한 눈빛으로 나를 바라보다가
잽싸게 일어나서 보란 듯 노파가 사준 슬리퍼를 신고 다시 자리
에 눕는다. 나는 가방에서 꺼낸 적이 없던 앨범을 집어든다. 서울
야경이 담긴 사진엽서를 남자에게 보여준다. 남산타워에 갔을 때
병수가 내게 선물했던 것이다. 남자가 손끝으로 엽서를 훑는다.
남자의 손끝이 스쳐간 서울의 밤하늘에 손기름 자국이 부옇고 긴
은하수를 만든다.

"이 난리통에, 지금 무신 소리여."

노파가 허튼소리 말라는 듯 퉁명스럽게 대꾸한다. 남자는 골이
난 채로 밥상을 밀어낸다. 컵에 담겨 있던 보리차가 방바닥으로
흘러넘친다. 노파는 서울에 보내달라고 심통을 부리는 남자 대신
나를 쳐다본다. 나는 다시 밥상을 제자리로 끌어놓고 반찬을 뒤
적인다.

남자는 복구작업도 돕지 않고 집에 머문다. 나는 남자에게 서
울의 반듯한 아파트와 놀이공원에 대해 설명한다. 언젠가 대관람
차 안에서 찍었던 놀이공원의 사진을 보여주기도 한다. 남자가

입을 벌리고 좋아하는 것은 서울에 대한 이야기가 아니라 나와 함께 마주하고 앉아 있다는 사실이라는 것을 안다.

"절대 안 돼여, 아서."

노파는 아이를 달래듯 남자에게 말한다. 그러나 남자는 왜소한 체구의 노파에 비해 바위 같은 몸을 더 크게 펼쳐 보이며 어설프게 인상을 찌푸린다. 나는 툇마루에 앉아 복숭아 껍질을 벗기는 척하며 두 사람의 다툼을 지켜본다.

저녁 무렵 노파가 조용히 나를 부른다. 그네는 정 서울에 가고 싶거든 남자의 형네 집에서 며칠 묵다 오라고 말한다. 나는 대꾸하지 않고 떨떠름한 표정을 짓는다. 내 눈치를 살피던 노파는, 둘이 식도 올리지 못해서 서운한 모양이니 그럼 남자를 데리고 마음 가는 곳을 찾아 사나흘쯤 바람을 쐬고 오라고 한다. 노파는 쌈지를 뒤적여 담배를 피워문다. 나는 담배연기가 거슬리는 척 입을 막고 몇 차례 기침을 내뱉는다.

"그럼 그렇게 허기로 헌 거다."

노파는 확인을 받듯 재차 말하고는 그만 나가보라고 말한다. 내가 방문을 열고 막 나서려고 하자, 그네는 생각났다는 듯 다시 나를 부른다. 노잣돈은 어느 정도 필요하냐는 것이다.

세수를 하던 나는 새끼손톱에 불그죽죽하게 물든 봉숭아물을 본다. 노파의 발톱은 짙은 주홍빛으로 물든 반면 내 손톱은 사그라져가는 노을의 끝자락에 잠깐 손을 담갔다 뺀 듯 희미한 꽃물만 남았다. 손톱을 가만히 핥아본다. 달착지근한 물맛만 혀끝에 고인다.

그 상황에서도 노파는 일주일은 충분히 지낼 수 있을 만한 경비를 내놓았다. 그네는 장롱 위에 있던 낡은 가방을 꺼내 그 속에 담겨 있던 자질구레한 물건들을 쏟아내고는 남자의 옷가지를 담으라고 한다. 짐승의 뱃가죽 같은 가방 안에서는 큼큼한 곰팡내가 난다. 노파는 방을 들락거리며 김치가 없으면 남자가 밥을 못 먹으니 좀 싸가라는 둥, 신발을 새로 사야 하지 않겠냐는 둥 참견을 한다. 나는 남자의 속옷과 옷가지를 대충 몇 벌 챙겨넣는다.

서울여행을 간다는 말에 남자는 신이 났는지 경중경중 마당을 뛴다. 그 모습이 보기 싫어 방문을 닫는다. 어제저녁, 어머니에게서 또 전화가 걸려왔다. 어머니는 앓는 소리를 내며 당장 삼백만원이 없으면 무슨 일을 당할지 모른다고 했다. 그런 돈은 없다고 대답하자, 어머니는 남의 손에 죽기 전에 내 발로 물에 뛰어들어야겠다고 으름장을 놓았다. 나는 문득, 어머니조차 인식하지 못하는 어머니 삶의 어느 한 귀퉁이가 나를 조롱하고 있다는 생각이 들었다. 어머니는 내게 듣고 있느냐고 다그쳤다. 말없는 나를 향해 욕을 퍼붓고 있는 어머니의 목소리가 녹슨 경첩처럼 삐걱거렸다.

이른 저녁에 잠이 들었다. 어머니는 배추밭 안에서 길을 잃고 헤매었다. 어머니가 발을 딛는 곳마다 푸르게 물이 올랐던 배춧잎들이 누렇게 시들어갔다. 어머니의 두 손도 차츰 배춧잎처럼 말라 쭈그러들기 시작했다. 노파는 밭 가장자리에서 죽은 배추들에게 부지런히 비료를 주고 있었다. 남자는 밭고랑에 몸을 웅크리고 잠들어 있다. 남자의 어깨를 흔들어 깨웠다. 남자는 축축한 흙가루가 되어 부서져내렸다. 드넓은 배추밭은 하나의 커다란 방 같았다. 그러나 문이 없었으므로 나갈 수 있는 통로도 없었다.

눈을 뜨자 어스름한 새벽이다. 남자는 이불 밖으로 굴러나가 여행가방의 손잡이를 손에 쥔 채 잠들어 있다. 나는 밖으로 나온다. 부엌 구석에 숨겨둔 가방을 꺼낸다. 가방을 열어 돈봉투를 확인한다. 아직 불편한 다리를 절뚝이며 마당을 가로지른다. 조심스럽게 뒤를 돌아본다. 집은 아직 적요에 잠겨 있다. 나는 신발을 끌며 걸음을 뗀다. 버스정류장까지는 이삼십 분 남짓 걸린다. 쓰러지고 뒤엉킨 채로 새벽 기운에 잠겨 있는 논밭을 지난다. 며칠 전 노파의 집에 찾아왔던 마을 사람의 입에서 망한 배추농사 이야기가 나오자 그네는 코웃음을 쳤었다.

"어디 농사 한두 해째여?"

산 아래 길을 돌다가 문득, 흙이 뒤집힌 작은 텃밭 앞에서 걸음을 멈춘다. 텃밭 구석으로 길쭉한 줄기 대롱 끝에 하얗게 뭉쳐 있는 것이 눈에 들어온다. 마치 날개를 접고 쉬어가는 작은 새 같다. 주변을 두리번거리던 나는 텃밭 안으로 발을 딛고 가까이 다가가본다. 잠자리 날개 같은 두 겹의 비늘 속에 희고 노란 술들이 가득 차 있다. 파꽃이다. 마트에서 기획상품으로 파꽃 추출물이 섞인 건강보조식품을 판매한 적이 있었다. 파꽃의 꽃말은 인내. 파의 매운 냄새를 견디느라 그런 꽃말이 붙여진 모양이라고 판매원들끼리 농을 나누곤 했었다. 제때 심어놓으면 5월쯤에 개화하기 마련인 파꽃은 텃밭 구석에 간신히 발을 딛고 뒤늦게 살아남아 있다. 엉망이 된 텃밭에서 조금이라도 멀어지려는 듯 긴 파 대롱 끝에 매달려 허공을 향해 몸을 치켜세우고 있는 꽃송이가 도도하고도 외로워 보인다. 파꽃에서 번지는 알싸한 향기를 맡고 있으려니 물큰, 콧잔등이 아려온다. 주머니 속의 휴대폰이 진동을 울린다.

"너는 왜 이렇게 통화하기가 힘드냐? 니 에미는 지금 다 죽게 생겼는데."

나는 신발 코로 흙을 파헤친다. 그러고는 통화가 연결되어 램프가 깜박거리는 휴대폰을 그 속에 묻는다. 카랑카랑하게 나를 부르는 어머니의 목소리가 흙에 덮인다.

정류장에 엉거주춤하게 서 있던 나는 노파의 집 쪽을 바라본다. 이곳 버스정류장에는 버스가 도착하는 모습을 본 적이 없다.

범람주의보

남자가 울부짖는다. 그러나 입이 야구공으로 틀어막혀 있어 울음소리는 기묘하게 비틀어진다. 부어오른 안면에 경련이 일며 눈물이 비질비질 흘러내린다. 구식 형이 남자의 입에서 야구공을 빼낸다. 침과 피로 범벅이 된 공은 시멘트 바닥 위에 묽은 자국을 그으며 내 발치로 굴러온다.

　"세상에 공짜가 있답디까, 사장님."

　구식 형이 남자의 뺨에 붙은 머리카락을 떼어주며 말한다. 재래시장에서 생선가게를 하는 남자의 빚은 삼천만원이다. 나는 조각얼음 무더기에 낙지를 묻고 있던 남자의 멱살을 잡아 이곳까지 끌고 왔다. 두 시간의 구타 끝에 연장된 기한은 일주일이다. 사장의 장부에는 보이지 않는 끈으로 굴비처럼 엮인 노예들의 목록이

기록되어 있다. 사장은 천성이 게으르고 두뇌가 온통 비누거품처럼 부풀어 있는 허황된 인간들을 각자의 쓸모에 맞게 분리수거해주는 것이 자신의 본분이라고 말한다.

구식 형이 지하철역 앞에 차를 세운다. 나와 동규는 잽싸게 차에서 내려 그에게 인사를 올린다. 차가 사거리를 지나 사라질 때까지 비석처럼 서 있다가 걸음을 뗀다. 뉴 소나타 쓰리는 우리 조원들에게 출장용으로 배정된 것이었으나 실상 조의 고참인 구식 형의 전용 자가용과 다름없다. 우리 조는 원금은커녕 이자도 못내는 진상 고객들을 맡아 관리한다. 구식 형은 이쪽 바닥에서 능력 있기로 유명하다. 채집한 잠자리의 다리를 하나씩 떼어내는 일곱 살짜리 어린아이와 같은 눈빛으로 그는 채무자의 새끼손가락을 꺾는다. 물론 구식 형의 작업방식은 어디까지나 막무가내로 버텨대는 독종 채무자에 한해 시행되는 것이다. 노예들은 사장의 사업밑천이므로 함부로 흠집을 내는 것은 금지되어 있다.

바지 주머니 속에는 빳빳한 십만원짜리 수표 한 장이 들어 있다. 동규와 나는 두 달 전 비슷한 시기에 이 바닥에 들어왔다. 녀석은 나보다 두 살 어린 스물한 살이지만 적응이 빠르고 이곳의 생리를 잘 파악하고 있다.

두툼하게 접힌 목살 사이로 지독한 더위가 비집고 들어온다. 우리는 감자탕과 소주로 점심을 때우고 나와 무료한 거리를 걷는다. 사장에게 고용되기 전까지만 해도 점심조차 해결할 능력이 없어 편의점 구석에 선 채로 컵라면으로 끼니를 때우는 경우가 허다했다. 얼굴이 희멀건 애들을 골라 돈을 뜯어내는 것도 학생 때나 할 만한 일이었다. 그렇다고 어린 양아치들의 가래침 엉긴 재떨이를 갈아주러 다니는 피시방이나 노래방 아르바이트를 하고 싶지도 않았다. 어찌되었든 지금 내 목에는 닷 냥짜리 순금목걸이가 걸려 있다. 더할 나위 없이 만족스러운 일자리다.

미스 리는 사장실을 턱짓으로 가리킨다. 사장실에는 더러운 암컷 셰퍼드가 한 마리 산다. 놈은 실내를 어슬렁거리며 아무 곳에나 똥을 눈다. 가끔 사무실 찾아와 대출기간 연장을 요구하는 채무자들이 그 똥에 얼굴을 처박히곤 한다.

안으로 들어서자 개털 비린내가 훅 끼친다. 사장은 우리 앞으로 두 명을 할당해준다. 81년/여/박주연, 80년/남/이경준. 각기 천만원과 삼천만원 남짓의 액수를 끌어다 쓴 고객들이다. 여자 쪽은 이번주까지 회수하지 못할 경우 무슨 일이 있어도 각서를 받아내라는 지시가 내려진다. 어차피 노예로 부리게 될 거라면 조금이라도 더 건강할 때 일을 뛰게 해야 한다는 것이 사장의 사업지침이다.

"쌍년."

미스 리가 욕을 지껄이며 수화기를 팽개친다. 대출상담 전화를 걸어오는 고객들 중에는 고액 적금을 가입하기 위해 은행에 전화를 건 VIP손님들마냥 불손하게 문의를 하는 사람들이 더러 있다. 동규가 미스 리에게 슬쩍 윙크를 보내자 그녀는 새침하게 눈을 내리깐 채 새로 걸려오는 전화를 받는다. 동규가 휘파람을 불며 앞서 사무실을 나간다. 검게 칠해올린 미스 리의 속눈썹이 달싹이며 그의 뒷모습을 좇는다.

순대를 집어먹는다. 간과 허파도 차례로 입 안에 밀어넣는다. 일을 시작하면서부터는 자주 배가 고파진다. 나는 건조대에 널린 여자의 속옷에 기름기 묻은 손을 닦는다. 좁은 평수의 방 안에는 각종 명품 핸드백과 종이케이스에 모셔놓은 구두들이 진열되어 있다. 얼굴에 석고팩을 펴바르고 있던 여자는 동규의 주먹에 코피를 터뜨린다. 덜 마른 석고팩 위로 검붉은 피가 비틀거리며 흐른다. 석고팩은 동규의 주먹과 양말에 묻어가며 서서히 지워진다. 사장이 빌려준 원금의 이자는 여자의 허영심에 장단을 맞추며 쌓여왔다. 주제넘은 사치에 풍선처럼 부풀었던 여자는 앞으로 삶에 바늘구멍을 내고 이 바닥의 구석구석을 훑으며 날아다니다가 종내에는 차갑게 쪼그라들어 바닥에 떨어지게 될 것이다.

낡은 욕조에 물을 받는다. 여자는 비 맞은 개처럼 떨면서도 좀처럼 각서를 작성하려 하지 않는다. 거침없이 쏟아져내린 수돗물은 이내 여자의 가슴께를 넘어선다. 나는 여자의 어깨를 지그시 밟아 물속으로 밀어넣는다. 물속에 잠긴 여자는 손과 발이 묶인 채 몸부림친다. 콧구멍으로 작고 맑은 공기방울이 솟아오른다.

"조, 조금만 더 기다려주세요."

여자는 절규하며 똑같은 소리를 뱉어낸다. 나는 여자의 입을 비누로 틀어막고 다시 물속으로 밀어넣는다. 요동을 치던 여자가 어느 순간 잠잠해진다. 동규가 물미역 같은 여자의 머리칼을 움켜잡아 물 밖으로 끌어올린다.

"겁먹지 마."

구식 형이 말한다. 기절하면 더 밟아서 깨우면 되는 거야. 형은 취해 있었다. 나는 뜰망 위에 건져놓은 광어처럼 퍼덕거리는 속을 진정시킨다. 공고에 다닐 무렵 동네 양아치 무리와 뒤엉키며 수없이 시비가 붙고 더러는 상대방의 살갗을 찢어대기도 했으나 들개 같은 패거리를 벗어나 무방비상태의 일반인에게 수위 높은 린치를 가하는 것은 아직 낯설다.

물오른 미성년자라고 마담이 생색내며 들여보내준 호스티스가 구식 형의 옆구리를 파고든다. 어디선가 셰퍼드의 젖은 개털 비린내가 나는 것 같다. 동규가 나를 밖으로 불러낸다. 묵직한 쟁반을 받쳐든 웨이터들이 취한 동규를 비켜 지나간다. 나는 그를 끌고 화장실로 들어간다. 천장이 낮은 화장실에서는 짙은 방향제 냄새가 난다. 동규는 담배를 피우며 슬쩍 주변을 살피더니 셔츠 안쪽 주머니에서 무언가를 꺼내 보인다. 작은 비닐팩에 든 것은 흰 알약 두 알이다. 그는 잇몸을 드러내며 웃어 보이고는 수돗물과 함께 알약 한 개를 삼킨다. 그의 재촉에 나도 알약 하나를 털어넣는다.

룸의 소파가 이루 말할 수 없이 부드럽다. 누군가 잠시 내 뇌를 빌려간 듯 머릿속은 허전할 만큼 가볍다. 저 멀리서 구식 형이 어린 호스티스를 패고 있다. 동규는 주머니에서 몇 푼 되지 않는 지폐를 꺼내 센다. 다 세고 나면 처음부터 다시 세고 또다시 세기를 반복한다. 약기운이 돌면 무의식중에 한 가지 행동만을 계속 되풀이하게 되는 환각상태에 빠진다. 그날 내가 세 시간 넘게 반복한 일은 베란다의 화분처럼 조용히 앉아 있는 것이었다.

집은 비어 있었다. 동규와 나는 한 시간 넘게 현관문 앞에 앉아 반갑의 담배를 피워댔다. 복도 끝에서 모습을 드러낸 사내가 우리를 발견하더니 황급히 등을 돌린다. 그러나 몇 걸음 도망치기도 전에 동규에게 뒷덜미를 잡혀 포대자루처럼 끌려오고 만다. 나는 그의 턱을 들어올려 얼굴을 살핀다. 살쾡이 같은 눈빛이 두려움과 분노로 나의 동공을 할퀸다.

"아는 사람이우?"

동규가 그에게 현관문을 열도록 시키며 나를 향해 묻는다.

"아니."

내가 중학교를 다닌 동네에서는 그를 모르는 사람이 없었다. 이경준. 그는 나와 같은 중학교를 졸업한 선배였다. 중학교 때부터 고등학교를 졸업하는 날까지 전교 일등과 학생회장 자리를 방석처럼 깔고 앉아 있다가 자연스레 몸을 일으켜 명문 대학교에 입학한 동네의 명물이었다. 당시 나는 점심시간마다 한 학년 위의 선배들에게 찾아가 매점에서 얼간이들에게 뺏어온 빵과 담배를 상납하는 졸개 양아치 생활에 절어 있었다. 이경준은 나를 몰랐으나, 나는 소문을 통해 그의 졸업시험 성적이며 그가 수학과외 선생인 명문 여대생과 은밀하게 연애를 한다는 것까지 알고 있었다. 그의 아버지는 은행의 초급간부였다. 그는 언제나 새로막 뽑아낸 지폐처럼 도도하고 해사한 낯빛을 띠고 있었다.

중학교 3학년이 되던 해에, 나는 건방지게 눈을 치켜뜨고 있었다는 이유로 고등학교 선배에게 죽도록 얻어맞은 적이 있다. 불량식품을 파는 구멍가게와 비위생적인 분식집이 늙은 노파의 젖가슴처럼 천막을 늘어뜨리고 있는 뒷골목이었다. 가게 주인들은 선배의 구타가 행해지는 동안 밖을 내다보지 않았다. 비에 묻은 봄냄새는 찝찌름하면서도 달착지근했다. 선배들이 돌아간 뒤 나는 한참 동안 전신주 밑에 널브러져 있었다. 눈에 핏줄이 터져 시야가 붉고 흐릿했다. 무릎의 통증으로 일어설 수가 없었다. 다음 주 수요일까지 동네의 뒷골목을 샅샅이 누비며 평소의 두 배 되는 액수의 돈을 뜯어 상납해야 했다. 봄비가 추적추적 교복을 적셨다. 그때 누군가 내 어깨를 건드렸다. 원피스를 입은 여자와 함께 연두색 우산을 받쳐들고 있는 사람의 모습이 눈에 들어왔다. 이경준은 같은 중학교 후배라며 나의 명찰을 살폈다. 옆에 서 있던 여자는 금방이라도 울 듯한 표정이었다. 이경준은 주위를 둘러보았다. 비좁은 골목에는 인적이 없었다. 그는 지갑을 꺼내 만원짜리 한 장을 내 윗주머니에 넣어주었다.

"약이라도 사 발라."

그는 이내 여자와 함께 사라졌다. 빗줄기가 더 거세졌다. 나는 바닥에 누운 채로 오줌을 누었다.

싱크대에서는 각종 음식 찌꺼기가 묻은 그릇들이 뒤엉켜 고약한 냄새를 풍긴다. 동규의 발길질에 이경준은 싸리빗자루 넘어지듯 맥없이 자빠진다. 사방에 서류더미들이 쌓여 있다. 머리칼을 움켜쥐고 얼굴을 들어올리지만 그는 동요하지 않는다. 이윽고 배

218

를 걷어차인 그가 신음을 뱉으며 나가떨어진다. 그러나 신음은 빈 깡통이 발에 채었을 때 요란한 소리로 울리는 것과 별다를 바 없는 반사적인 반응이다. 그는 얼이 빠진 사람처럼 동공이 풀린 채 구타당한다. 과거와 달리 비쩍 말라버린 몸을 잘못 밟았다가는 갈비뼈 몇 대가 마른 나뭇가지 꺾이듯 먼지를 내며 부러질 성싶다.

나는 제 성질에 못 이겨 날뛰는 동규를 끌고 집을 나온다. 사장은 우리에 키우고 있는 돼지를 살찌우듯 이경준의 여물통에 아낌없이 돈을 쏟아주고 비곗덩어리 같은 이자가 불어나는 것을 흐뭇하게 지켜본다. 때가 되어 돼지를 잡는 역할은 우리들의 몫이다.

방에 돌아온 뒤 동규는 소주와 함께 약을 먹고는 내게도 한 알 내민다. 학교 뒤뜰에서 여러 명이 돌려가며 피운 담배의 축축해진 필터에서 유대감을 느끼는 아이들처럼, 동규는 강요와 기대의 눈빛을 보낸다. 그가 보는 앞에서 약과 술 한 모금을 입에 머금는다.

중학교 교지에는 이경준이 후배들을 위해 쓴 짧은 글이 실렸다. '파랑새 찬가'라는 제목이었다. 나는 글과 함께 실린 그의 사진 위에 수염과 쌍코피를 그려넣었다. 새장 속에서 파랑새를 꺼내 날려보낸다는 문장이 유난히 크게 확대되어 있었다. 굵은 활자 옆쪽으로 파랑새를 보고 웃고 있는 사내아이의 그림 위에도 흉터를 덧입혔다.

독서실 앞을 지나다가 이경준과 몇 차례 마주쳤으나 그는 나를 알아보지 못했다. 나는 독서실에 숨어들어가 그가 자주 앉는 자리를 찾아서 조각칼로 '죽어라'라고 새겨놓았다. 그는 개의치 않고 그 위에 문제집을 펴고 앉았다. 어느 주말, 그가 화장실에 간 사이 검은 가죽가방을 훔쳐들고 나온 뒤로 나는 그 독서실에 가지 않았다.

이경준의 집 식구들은 침묵으로 일관했다. 동규와 내가 늦은 시각 찾아가 대문을 걷어차거나, 새벽녘 출근하는 여동생의 면전에 욕지거리를 뱉어놔도 소용이 없었다. 그의 아버지는 이쪽을 협박죄로 신고하겠다는 태도를 내비쳤다. 그들은 우리의 출현에 두려워하지도, 이경준의 신상에 대해 염려하는 기색을 보이지도 않았다. 고등학교 수험생인 막냇동생마저도 그저 피곤한 눈빛으로 우리를 바라볼 뿐이었다. 동규가 밥맛없다며 수험생의 뺨을 갈겼을 때, 놈은 그 하찮은 충격에도 코피를 터뜨렸다. 놈은 이경준 못지않게 무거운 책가방을 들고 다녔다.

"사람 하나 빠졌다고 배가 뒤집힐 순 없는 법이지."

놈은 씹어뱉듯 중얼거리며 방으로 들어갔다. 동규는 그 집의 파란 대문에서 뭔가 재수없는 냄새가 풍긴다고 했다. '축 S대 합격'이라는 종이를 이경준과 그의 누나가 대학에 입학한 두 해 연속으로 붙여놓아 동네의 모든 이들의 부러움을 사던 대문이었다.

얼마 전에 만난 동네 친구는 카센터에서 일하고 있었다. 음료수를 내미는 녀석의 눈길이 내 목걸이에 머물렀다. 친구는 이경준이 지금 신사동의 어느 빌라에 사무실을 내고 꽤 전망 있는 사업을 시작했다고 말했다. 사업을 시작할 때 동네 사방에서 투자자금이라는 명목으로 돈을 빌려갔다고도 했다. 자기도 수중에 돈만 몇 푼 있었더라면 이경준의 사업에 투자했을 텐데, 기회를 놓쳤다는 말을 덧붙이고는 내 쪽을 흘끗 쳐다보았다.

이경준은 경부선 열차가 출발 대기중인 플랫폼에서 붙잡혀왔다. 동규와 나는 구식 형의 연락을 받고 황급히 역으로 달려갔다. 막 기차에 올라타려던 이경준은 우리를 발견하고 철로를 가로질러 도망쳤다. 뒤에서 쫓아오는 구식 형의 욕지거리에 쫓기듯 필사적으로 달리던 나는 철로에 발이 걸려 넘어졌다. 이경준은 시멘트 담 위로 기어올랐다. 그의 복사뼈를 돌멩이로 내리찍은 것은 동규였다. 나는 구식 형이 보는 앞에서 그의 복부를 수차례 걸어찼다. 철로 옆에는 누런 꽃술이 드러나 보일 정도로 만개한 야생 장미덩굴이 엉켜 있었다. 이경준의 원룸에서 빼낸 오백만원의

보증금은 고스란히 이자를 갚는 데 쓰였다.

구식 형이 이경준에게 담배를 건넨다. 그가 고개를 젓는다. 형은 여유로운 웃음을 지으며 담배에 불을 붙인다. 구식 형은 이따금씩 채무자를 닦달하는 과정에서 형사 흉내를 내곤 한다. 밀실은 이내 취조실이 되고 채무자는 범인이 된다.

이경준의 앞에 전화기 한 대가 놓인다. 그는 수첩에 기록되어 있는 모든 지인들에게 차례로 전화를 돌리기 시작한다. 서먹한 인사말에 이어 돈을 빌려달라고 말하는 그의 입가에 잔물결 같은 경련이 인다. 그것도 잠시, 지겨워하는 동규에게 등을 걷어차이고 나자 숫자 버튼을 누르는 손길이 빨라진다. 늘 그렇듯 정작 제대로 연결이 되는 통화는 거의 없다. 비탈길의 자갈 굴러가듯 신호음만 오랫동안 굴러가거나 목소리를 확인한 상대편에서 일방적으로 끊어버리는 경우가 다반사다.

"물 좀."

구식 형과 동규가 자리를 비운 틈을 타 그가 말한다. 대접 가득 수돗물을 받아 그의 앞에 내려놓는다. 그가 성급히 대접을 들어올리는 순간, 그의 손등을 발로 걷어찬다. 물대접이 엎어지고 그의 무르팍이 젖는다. 이경준이 번득이는 눈빛으로 나를 올려다본다. 웃어. 그를 향해 입 모양으로만 말한다. 그는 목울대를 움찔거리며 침을 삼킨다. 굳게 닫힌 그의 입 속에 손가락을 쑤셔넣어

222

뜨겁고 미끈거리는 입을 찢어버릴 듯 양쪽으로 잡아 늘인다.

"배운 것들이 더하다니깐."

미스 리가 화장을 고치며 종알거린다. 동규는 한쪽 무릎을 구부리고 선 채로 취권 흉내를 낸다. 이경준 때문에 온종일을 골방에서 지내고 나왔다. 미스 리는 셰퍼드 간식용 개 통조림을 뜯어 들고는 사장실로 들어간다.

사장은 행복이란 윗자리를 탐내지 않고 바닥에서 헤엄치면서도 만족을 느낄 줄 아는 인간의 것이라고 했다. 어릴 적 아버지도 그와 비슷한 말을 했다. 동규는 퇴근하는 미스 리에게 참치회가 먹고 싶다고 들러붙는다. 그녀는 삼선 슬리퍼를 흰색 구두로 갈아신고 동규와 함께 사무실을 나선다.

스포츠신문 위로 진한 얼룩이 번진다. 변기 위에 앉아 있던 나는 고개를 돌린다. 화장실 창문의 먼지 낀 방충망 위로 빗물이 엉겨붙는다. 낮은 촉수의 전구 불빛이 한 톤 더 음침하게 가라앉는다. 굵은 빗줄기는 순식간에 소나기로 바뀌어 쏟아진다. 신문 귀퉁이의 전화방 광고 속 여자의 허벅지에도 빗물이 튄다.

"여보세요."

생각 외로 상대방은 금방 전화를 받는다.

"지금 어디야?"

이경준은 띄엄띄엄, 아직 상환기한이 더 남지 않았느냐며 말끝을 흐린다. 지하방의 벽지가 습기로 눅눅해져온다.

오색의 조명이 돌아간다. 나는 맥주 캔을 따고 의자에 몸을 묻는다. 마이크를 쥔 그가 내 눈치를 살핀다. 그에게 반주에 맞춰 노래를 부르며 춤을 추게 한다. 반주기에서는 윤희상의 〈카스바의 연인〉이 흘러나온다. 노래를 부르던 그가 갑자기 낯빛이 창백하게 굳으며 뛰쳐나간다. 잠시 후 돌아온 그는 위염 때문에 먹은 것을 토해내고 왔다고 말한다. 구식 형으로부터 전화가 걸려온다. 가래 끓는 목소리로 혹시 동규와 연락이 되느냐고 묻는다. 미스 리와 함께 있을 거라는 말을 내뱉기가 무섭게 그는 전화를 끊는다. 뒤이어 휴대폰을 꺼놓으라는 문자가 도착한다.

이경준과 함께 곱창볶음을 먹는다. 그는 한시라도 빨리 자리를 벗어나고 싶어하는 기색이 역력하다. 나는 당면에 엉킨 곱창 조각과 마늘, 상추 등을 마구잡이로 집어 씹어먹는다. 식당의 텔레비전에서는 태풍을 동반한 장마를 알리는 기상주의보가 흘러나온다.

"대학에서 뭘 전공했나?"

나는 이 사이에 낀 곱창을 긁어내며 그에게 묻는다. 소문에는

경영학을 전공했다는 말도 있고 다른 한편에서는 방송 관련된 것
을 공부하고 있단 소리도 있었다.

"철학……이요."

"파랑새 같은 건…… 애초부터 없었어."

작게 중얼거리는 내 말에 이경준은 의아한 표정으로 나를 바라
본다.

미스 리는 세 통의 전화를 연달아 받는다. 어젯밤 동규는 방에
들어오지 않았다. 정오가 지났건만 휴대폰 연락도 되지 않고 코
빼기도 비치질 않는다. 파트너가 사라진데다가 구식 형에게서도
연락이 없자 움직이기가 곤란하다. 동규에 대해 일절 말이 없는
미스 리는 오늘따라 화장을 무리해서 한 듯 고물 잘 묻힌 인절미
같은 얼굴과 거무튀튀한 목의 경계가 뚜렷하다.

사장은 이경준 건과 지난번에 관리했던 박주연 건을 나 혼자
마무리지으라고 지시한다. 박주연은 지난 주말에 신체포기각서
를 작성했으니 탈 없이 데리고 가서 지정받은 직업소개소에 넘기
기만 하면 된다. 직업소개소라는 곳은 사장의 사촌동생이 소장을
맡아 운영하는 사무실이다. 소장은 이 일대의 유흥업소 인맥에서
뼈대 굵기로 소문난 인물이다.

구식 형이 차를 몰고 나갔기에, 여자를 오토바이 뒷자리에 태

워 직업소개소로 실어나른다. 매연 섞인 후텁지근한 바람에 눈가가 마른다. 신호가 바뀌고 속도를 올려 질주하기 시작하자 사타구니가 저려온다. 헬멧을 쓰지 않은 박주연은 내 어깨를 잡고 등에 얼굴을 묻다시피 한다. 여자에게서 불쾌한 온기가 전해져온다.

창고의 책상 앞에 이경준을 앉히고 각서와 볼펜을 내민다. 그가 고개를 젓는다. 나는 창고 구석에 구비된 휘발유통과 각목, 밧줄 등을 확인한다. 어차피 개같이 된 인생인데, 피차 피곤하게 굴지 말자고. 내가 그의 어깨를 짚으며 말한다. 그것은 구식 형의 말투였다. 창고의 좁은 창문 너머로 매미 울음소리가 쏟아져들어온다. 두 시간이 지나도록 나는 그를 앞에 둔 채 아무 말도 하지 않고 앉아 있다. 문득 시선을 그에게로 옮겼을 때, 이경준은 졸고 있었다. 검게 그늘진 눈 밑이 고랑처럼 움푹 패었다.

빈손으로 사무실에 돌아가자 구식 형은 기다렸다는 듯 정강이를 걷어찼다. 그는 내게 삽질이나 해대면서 남의 장사를 말아먹을 작정이라면 일찌감치 때려치우라며 눈을 부라렸다. 어중간한 인간은 아무짝에도 쓸모가 없다는 것을 누차 강조하며 손가락으로 내 가슴팍을 찔러댔다.

화장실에서 얼굴을 씻고 나온다. 사무실 앞의 계단에 어린 사내아이가 서 있다. 손짓을 하여 문 앞에서 쫓아낸다. 아이는 바닥에 내려놓은 과자봉지를 들고 한 층 아래로 내려가더니 계단에

선 채로 이편을 올려다본다. 나와 눈이 마주치자 벽에 붙은 스티커를 손톱으로 긁어 떼어내기 시작한다.

다 풀린 파마머리의 여자가 사장실에서 나온다. 구식 형이 사무실 문을 열어주며 여자를 배웅한다. 여자는 쥐약이 담겨 있을 핸드백을 고쳐메고 아이를 부른다.

동규는 어디로 사라진 걸까.

구식 형은 이경준에게서 각서를 받아왔다. 구겨진 종이의 펜글씨가 누런 얼룩에 번져 있었다. 늘 구식 형의 똥개 역할을 하던 동갑내기 명기가 나의 새로운 파트너가 되었다.

간단한 엑스레이 촬영과 피검사, 소변검사를 마친 이경준이 검사실에서 나온다. 사장의 지시에 따라 그는 당분간 내 방에서 함께 묵게 되었다. 술병과 옷가지가 섞여 뒹구는 방과 화장실 청소를 시킨다. 그는 잠자리에 눕기만 하면 복통을 호소하며 미열이 올랐다. 좀처럼 잠들지 못하고 신음을 삼키는 이경준을 흔들어 일으킨다. 식은땀에 젖은 머리카락이 이마 위로 잔뿌리처럼 엉켜 있다. 나는 그에게 물과 알약 한 알을 건넨다. 언젠가 동규가 건넨 것을 삼키지 않고 놔둔 것이었다. 그는 잠자코 약을 받아먹고 벽에 기대어 앉은 채로 눈을 감는다.

설핏 들었던 잠에서 깨어난다. 새벽 두시가 넘은 시각이다. 열

어놓은 창문 밖에서 내리치는 빗소리에 머리맡이 축축하게 젖어
오는 기분이다. 빗소리보다 세찬 물소리가 귓밥을 울린다. 방바
닥에는 화장실의 열린 문틈에서 새어나온 빛이 비스듬한 금을 그
어놓았다. 소리 죽여 화장실 쪽으로 다가간다. 화장실 문을 열어
젖힌 나는 순간, 속 깊숙한 곳에서부터 불거져나오는 구역질을
삼킨다. 이경준은 아랫도리를 벗은 채로 바닥에 쪼그려앉아 있었
다. 타일 바닥 군데군데 오물이 널려 있다. 변기는 똥물이 역류하
여 막힌 듯하다. 그는 얼굴이 붉게 상기된 채 고통스러운 표정으
로 아랫도리에 힘을 쏟는다. 몇 차례 미끄러져 넘어진 듯 그의 사
타구니는 질척하게 젖어 있었다. 더이상 나올 것이 없어 보였으
나 그는 끊임없이 배설하려고 안간힘을 썼다. 잠깐 몸의 힘이 빠
진 틈을 타 그는 더할 나위 없이 편안하고 쾌감에 젖은 표정으로
들척지근한 숨을 내쉰다. 그는 나의 시선 따위는 아랑곳하지 않
고 다시 어금니를 물고 항문에 힘을 준다.

미스 리는 손끝으로 내 어깨를 슬쩍 건드린다. 같이 저녁이나
할래요? 속삭이듯 물으며 슬쩍 웃는다. 불판 위에 불고기를 굽는
다. 미스 리는 고기가 채 익기도 전에 어묵볶음과 된장국만으로
밥 반공기를 후딱 비운다. 그녀는 입가에 묻은 양념을 훔치거나
물컵 속에 빠진 김치 조각을 건져내지도 않은 채 부지런히 수저

228

와 술잔을 놀린다. 손톱 끝의 매니큐어가 낡은 시멘트 벽처럼 벗겨졌다. 미스 리는 술 마시는 속도가 빨라 금세 취했다. 나는 기회를 놓치지 않고 슬그머니 동규에 관해 묻는다.

"그 새끼 낚였어요. 몰랐구나?"

미스 리는 고추를 손으로 분질러 먹으며 말한다. 그도 그럴 것이 사무실 내에서는 '왜'라는 질문이 금지되어 있다.

"겁없이 아무 데서나 약 까발리구 다녔잖아. 걸려서 들어갔지, 뭐. 약 대준 사람은 따로 있는데 어디 큰손들이 잘 잡히겠어? 다 튀고 저 혼자 들어갔어."

미스 리는 동규가 사무실 소속인 것이 밝혀지지 않도록 사장이 확실하게 사전 입막음을 해놓았다고 말한다. 그녀는 새까맣게 타서 지글거리는 불고기를 젓가락으로 휘젓다가 문득 나를 쳐다본다. 동규에게서 약을 받아먹었느냐고 묻는다. 나는 애매하게 고개를 끄덕인다.

"오빠도 당할 뻔했구나. 그 새끼, 그런 식으로 사람들 중독시켜서 장사 해먹고 다녔어."

만취한 미스 리는 물속의 수초처럼 엉겨붙었다. 그녀를 택시에 밀어넣다시피 하여 보내고 난 뒤 방으로 돌아왔다.

긴 신호음이 흐른다.

"여보세요?"

녹슨 대문이 바람결에 열리는 듯한 목소리다. 나는 잠시 머뭇
거리다가 수화기를 내려놓는다. 어머니는 광주에서 대학을 다니
는 여동생의 카드빚을 갚아주고 난 뒤 도시가 지겹다며 경기도
외곽으로 집을 옮겼다. 사장에게서 받은 수고비를 어머니의 통장
에 입금하고 나면 휴대폰으로 전화가 걸려온다. 통장에 돈을 송
금한 지도 꽤 오래되었다. 어머니는 꿈자리가 지나치게 사납다거
나 한 날을 제외하고는 좀처럼 먼저 연락을 해오는 법이 없었다.

이경준의 건강검진 결과 소화기능 장애와 영양실조가 심각한
상태였기에 사장의 계획에는 약간의 차질이 빚어졌다. 사장의 단
골의사는 무엇보다 신장 염증을 치료하는 게 우선이라고 말했다.
스트레스로 인해 시력이 저하되지 않게 비타민을 먹이라는 말도
덧붙였다. 뭇사람들의 부러움을 사던 이경준의 두뇌도 이제 한낱
고철뭉치에 지나지 않았다. 그에게 남은 밑천이라고는 부실한 육
체뿐이다.

그의 어깨에 얼룩진 푸른 멍을 본다. 갈증이 치솟는다. 웅크린
채 누워 있던 이경준이 나를 올려다본다. 톱밥을 삼킨 듯 컬컬한
목소리로 부탁이 있다며 말을 걸어온다. 그는 통장에 남은 몇 푼
의 돈을 뽑아다달라고 한다. 다른 사람의 명의로 된 카드와 비밀

번호를 알려주며, 위에 보고할 필요도 없는 소액이니 우선 인출
해달라고 말한다.

비는 그친 듯했으나 하늘은 여전히 어둡다. 결이 거친 바람에
복권 광고 현수막이 위태롭게 나부낀다. 기상캐스터는 장마며 태
풍 피해가 심각하다고 말했다. 구식 형은 엊그제 노란 비옷을 입
고 나온 기상캐스터를 보고는 작업 한번 땡겨봤으면 좋겠다고 입
맛을 다셨었다. 가까운 은행에 들어가 돈을 인출한다. 카드에는
십오만원 조금 넘는 금액이 들어 있다. 돈을 뽑아들고 나오는 길
에 오락실에 들른다. 경마게임을 하고 나오니 두 시간이 지나 있
었다. 십만원 남짓 남은 돈을 주머니에 찔러넣는다.

심해에 잠긴 듯 어두운 골목길을 오른다. 바람에 휘날린 바짓
단이 종아리에 감겨든다. 그는 방 안에 없었다. 화장실에도 보이
지 않는다. 당황한 나는 부엌으로 통하는 미닫이문을 열어젖힌
다. 검고 축축한 그림자 하나가 드리워진다. 누군가에게 등을 떠
밀려 깊고 아득한 저수지 속에 미끄러져 빠진 듯, 주체할 수 없는
한기가 온몸에 피어오른다. 나는 그림자의 무게에 밀려난 듯 뒷
걸음질친다. 축 처진 두 다리가 허공에서 타원을 그린다. 밧줄에
매달린 이경준의 몸이 천천히 흔들린다.

가슴팍을 봐라, 하고 구식 형이 말했다. 사무실에 들어와 처음

으로 채무자를 잡으러 간 날이었다. 처음엔 꼴에 양심이란 게 남아 있어서 자기 주먹에 스스로 비위가 상하지. 그럴 땐 남녀노소 가리지 말고 가슴팍만 보고 돌진해. 내가 정복해야 할 벌판이라 생각하고. 저 가슴팍 하나 점령하면 그 공간만큼 내가 발 딛고 숨 쉴 수 있는 땅덩이가 넓어지는 거야.

채무자의 집을 쑤시고 들어가 있을 때면 나는 절대 실내에 걸려 있는 거울을 보지 않았다.

휴대폰 진동이 울린다. 구식 형의 이름이 액정에 뜬다. 나는 황급히 전화를 받는다. 구식 형은 내가 맡아야 할 새로운 고객의 신상명세를 알려준다. 나는 이경준의 죽음을 알린다. 수화기 너머로 정적이 흐른다. 구식 형은 낮은 목소리로 욕을 씹어뱉더니 잠시만 기다리라며 전화를 끊는다. 현관에는 아직 그의 낡은 구두가 놓여 있다. 몰아치는 강풍에 현관문이 흔들린다.

심심찮게 일어나는 사고라고 한다. 이쪽에서 지레 오그라들 필요는 없다고 말한다. 적당히 처리해놓으면 크게 곤란한 일은 없을 거라고 말하는 사장의 목소리 뒤로 셰퍼드 짖는 소리가 들려온다. 주민들의 눈을 피해 지금 당장 사무실로 들어오라는 지시가 내려진다. 사장은 혹시 내가 손을 잘못 대서 사고가 난 것은 아니냐고 묻는다. 무어라 대꾸하기도 전에 전화는 끊긴다.

서둘러 집을 나선다. 골목에 인적이 뜸해진 틈을 타서 큰길로 빠져나간다. 사무실에 도착하자 구식 형을 포함한 몇 명의 활동 대장들이 앞서 모여 있었다. 구식 형은 내 어깨를 두드리며 소파에 앉힌다. 이어 미스 리가 사장실 쪽을 가리킨다. 사장은 내게 담배를 권하며 나의 가족관계를 묻는다. 사장실을 나왔을 때, 이경준과 나는 개인적인 빚거래를 가졌던 친구관계가 되어 있었다. 곧장 방으로 돌아가 이경준의 시체에 기겁을 하고, 신고를 하기만 하면 되는 것이었다. 구식 형이 사무실 건물 밖까지 배웅해주었다.

휘청거리는 다리를 가누며 걷는다. 휘몰아치는 습한 바람에 구인광고지가 꽂혀 있던 받침대가 쓰러진다. 나는 〈카스바의 연인〉을 더듬거리며 길가로 향한다. 지갑을 찾으려고 주머니를 뒤지는 순간, 이경준의 통장에서 뺀 지폐들이 쓸려나와 블록 위로 떨어진다. 지폐들은 각기 낱장이 되어 바람에 쓸려간다. 지나가던 이들이 날아가는 지폐를 잡으려고 춤을 춘다. 지갑을 손에 쥔 채 멍하니 서 있던 나는, 바람에 휩쓸린 푸른 만원권 지폐들이 파랑새가 되어 사람들의 손길을 피해 허공으로 가벼운 날갯짓과 함께 날아오르는 것을 바라본다.

여자아이는 찬물에 발을 담근다. 복사뼈에 녹지근하게 붙어 있던 더위가 흩어진다. 일렁이는 발등 위로 달빛이 비친다. 개가 다가와 양은대야의 물을 핥는다. 뒷골목의 어둠은 호수 밑바닥에 가라앉은 진흙층처럼 고요하다. 아이는 문턱에 걸터앉은 채 졸기 시작한다. 하루살이 몇 마리가 물 위로 떨어진다.

여자가 고무장갑 낀 손으로 아이의 등짝을 내리친다. 아이의 흰 민소매 셔츠 등짝 위로 손 모양의 돼지 핏물 자국이 남는다. 아이는 빈 양은대야를 들고 가게 안으로 들어선다. 냉동고 앞에 앉아 물을 부어둔 컵라면을 먹기 시작한다. 여자는 쇼케이스에서 돼지 목살 쟁반을 꺼내 냉동고로 옮긴다. 냉동고에서 뿜어져나오는 비릿한 냉기에 아이는 두피가 바짝 졸아붙는 듯하다. 여자가 옮기려던 우족 하나가 쟁반에서 떨어져 바닥을 구른다. 아이는 우족을 집어 냉동고 안으로 집어던진다. 여자의 손바닥이 아이의 머리통을 내리친다. 누군가 가게 문을 열고 들어와 불고기 한 근을 주문한다. 아이는 여자가 고기를 썰어 담을 동안 쇼케이스에 기대어 서 있는 손님을 바라본다. 남자는 일주일에 서너 번 문 닫을 시간 즈음 가게를 찾아온다. 그는 불고기 혹은 삼겹살, 아주 가끔씩은 값싼 돼지족을 사가기도 한다. 아이는 남자가 가게를 찾기 전부터 그를 알고 있었다. 그는 태양빌라 옆 주택의 반지하 방에 산다. 빌라 놀이터의 미끄럼틀 위에 오르면 낮은 담 너머로 반지하방의 부엌 쇠창살이 내려다보인다. 남자는 묵직한 비닐봉지를 들고 가게를 나간다. 여자는 고무앞치마와 장갑을 벗고 바닥을 쓸기 시작한다. 아이는 장군이 벗어둔 갑옷과 투구를 치우는 졸병처럼 앞치마와 장갑을 개수대로 옮긴다. 앞치마에 얼룩진 핏자국을 수세미로 문지른다. 종일 저울이며 도마 위에서 시달린 행주도 더운물에 불려 빤다. 실밥이 나달거리는 행주에서는 오래 묵은 핏물 대신 가축들의 뒤엉킨 울음소리가 씻겨나온다. 여자는 선지를 한 바가지 퍼내어 챙긴다. 아이는 내일 아침에도 밤새 끓는 물속에서 응고된 선지해장국을 먹게 될 것이다. 국물을 수차례 우려낸 해장국 뼈에는 연한 고깃점 대신 반지르르한 윤기가 돈다.

238

물을 채운 비닐장갑이 저울 위쪽에 매달린 채 느리게 흔들린다. 아이는 발가락을 만지작거린다.

놀이터 모래밭에는 대여섯 살짜리 사내애가 앉아 있다. 그 곁을 지키는 노파는 한 손으로 파리채를 휘두르며 다른 손으로는 부채질을 해댄다. 여자아이는 슬리퍼를 벗고 모래밭을 걷는다. 모래는 용암처럼 뜨겁다. 사각지대의 놀이터를 담처럼 둘러싼 개똥나무에서 진한 풀 비린내가 풍긴다. 아이는 프라이팬처럼 달궈진 미끄럼틀의 경사면을 오른다. 팔월 대낮의 주택가 골목에는 인적이 없다. 아이는 맨발에 붙은 모래를 털며 인중에 엷게 밴 땀을 빨아먹는다. 반지하방의 부엌 창문은 활짝 열려 있다. 습해 보이는 어둠 속으로 언뜻 개수대가 보인다. 방충망이 쳐져 있지 않은 쇠창살 틈은 도둑고양이라면 충분히 드나들 수 있는 폭이다. 아이는 문득, 부엌 창문 너머로 언뜻 사람의 움직임을 본 것도 같다. 사내애가 미끄럼틀 계단을 올라온다. 벗겨놓은 아랫도리에 토란처럼 매달린 고추가 흔들린다.

육절기는 바람소리를 내며 작동한다. 얇게 썰려 나오는 고깃점들을 보고 있노라면 살갗 위로 면도날처럼 얄팍한 바람이 스쳐 지나가는 듯한 한기가 느껴진다. 여자가 냉동실로 들어가 새로 들어온 고기를 부위별로 나누는 동안 아이는 쇼케이스 속에서 삼겹살을 꺼낸다.

골목 어귀에 다다른 아이는 비밀스러운 것이라도 되듯 두 겹의 검은 비닐봉지에 담은 고깃덩어리를 건넨다. 아이보다 서너 살 위인 중학생 사내애들이 낄낄거리며 고기를 건네받는다. 매미 울음소리가 하늘에 얼룩진 구름을 긁어낼 듯한 기세로 뻗쳐오른다. 사내애 한 명이 천원짜리 두 장을 건넨다. 그들 무리가 남기고 간 바람에서는 쉰밥 냄새 같은 땀냄새가 난다.

쇼케이스 위에 지방질이 붙은 독일 나이프가 놓여 있다. 텔레비전에서는 퀴즈 프로그램이 진행중이다. 가게 밖으로 트럭 한 대가 지나간다. 아이는 젖은 행주로 골절기와 육절기를 닦는다. 문갑을 개조하여 만든 간이침대 위에는 여자가 먹다 만 반찬들이 말라붙어간다. 여자는 돈을 벌 줄만 알지 쓰는 것을 두려워한다. 남편이 죽었을 때와 같은 만약의 사태를 대비하여 돈은 무조건 모아두어야 한다고 생각한다. 여자는 최악의 상황을 위해 살고 있는 듯하다. 뒷문으로 나갔던 여자가 다시 들어와 식사를 계속한다. 아이는 선반의 양념통들을 내리고 기름때와 함께 엉겨붙은 먼지를 닦아낸다. 가게 청소를 마치자 여자는 아이에게 천원을 준다.

놀이터 옆에 트럭이 주차되어 있다. 트럭 짐칸에는 신문지와 비닐천막으로 싸인 짐들이 실려 있다. 남자가 트림을 하며 대문을 열고 나온다. 그는 트럭에 올라타 천천히 담배를 피운다. 모래밭에 앉아 있던 아이와 그의 눈이 마주친다. 남자가 차창을 바짝 내린다.

"덥지 않니?"

아이가 대답 없이 그를 올려다본다. 남자의 붉게 그을린 이마 위로 곱슬기 있는 머리칼이 철사뭉치처럼 드리워져 있다. 털어낸 담뱃재가 진눈깨비처럼 흩어진다.

"이거 가질래?"

그는 차 앞유리 구석에 붙어 있던 공룡 모양 부직포인형을 떼어낸다. 공룡의 뿔과 꼬리는 새까맣게 때가 탔다. 아이가 반응이 없자 그는 무안한 표정으로 인형을 도로 붙여놓는다.

"너희 가게 고기 맛있더라."

아이가 흘러내린 머리칼을 넘기며 고개를 끄덕인다. 남자는 어린아이를 상대로 이야기하는 것이 얼마 만인가 생각한다. 운송회사 사무실에 있던 미스 윤과 예정대로 살림만 차렸더라도 저만한 아이가 있었을 터였다. 남자는 미스 윤과 일 년간의 관계를 마지막으로 내세울 만한 연애를 해본 적이 없었다. 다 타들어간 담배 꽁초를 내던진다. 곰팡내를 풍기는 에어컨 바람이 차 내부에 골고루 퍼져들기 시작한다. 아이가 빈 놀이터에서 나온다.

"아저씨 저기 살죠?"

남자는 아이의 턱짓이 가리킨 대문을 흘끗 돌아본다.

트럭이 골목을 빠져나간다. 아이는 에어컨 바람 속에서 공룡을 만지작거린다. 백미러에 비친 자신의 모습이 엿가락처럼 길쭉해 보인다. 남자는 정육점 앞에 아이를 내려준다. 아이는 땀이 식은 보송보송한 얼굴로 가게 안에 들어선다. 간이침대에서 졸던 여자가 고개를 든다.

아이는 책을 편다. 모래밭에 서 있는 어린 왕자의 발치에는 매끄러워 보이는 노란색 뱀이 있다. 노란 뱀을 사고 싶다. 칼 끝에서 맥없이 생명줄이 끊기는 우둔한 짐승들과는 달리 일순간 도마 위에서 자취를 감추어버릴 것 같은 생물체. 약간 부어오른 듯 봉긋한 대가리를 들고 아이와 대화를 나눌 수 있는 노란 뱀.

"청계천에 가면 있을지도 모르지."

남자는 아이스크림을 깨끗이 빨아먹은 나무막대기를 쥐똥나무 덤불에 던진다. 아이는 둥근 어항 속에 담긴 가느다란 뱀을 떠올린다. 녹은 아이스크림이 손등을 타고 흘러내린다.

아이를 옆자리에 태운 트럭이 달린다. 주말의 동대문은 번잡하다. 아이의 목걸이지갑 속에는 이만원 가까운 돈이 들었다. 트럭은 벼룩시장 앞에서 멈춘다. 먼지 낀 도자기들과 조립식 망원경 사이를 누비며 남자는 땀에 달라붙는 티셔츠 자락을 떼어낸다.

파라솔 밑의 사내는 마이크를 들고 떠들어댄다. 광고가 재생되고 있는 화질 낮은 모니터 앞쪽으로 보양식 깡통이 쌓여 있다. 남자는 파라솔 아래 선 구경꾼들을 헤치고 들어간다. 사각의 대형 어항 속에는 세 마리의 굵은 뱀들이 엉켜 느릿하게 이동한다. 아이는 습기 찬 바위 아랫도리에 번진 이끼처럼 어두운 색의 뱀 비늘을 본다. 팔뚝에 혓바늘 같은 소름이 돋아난다. 무언가를 달이는 듯 끓어오르는 전기주전자에서는 비리고 진득한 연기가 뿜어져나온다. 아이는 슬그머니 자리를 피한다.

두 시간 가까이 걷던 남자는 좌판에서 전동면도기를 산다. 아이는 두유를 빨아먹는다. 종아리에 자꾸 엉겨드는 치맛자락을 잘라내고 싶다.

여자는 벽에 걸린 달력을 본다. 남편의 기일이 다가온다. 매번 장마가 시작될 즈음, 과일 값이 가장 오를 시기이다. 중랑천에 범람주의보가 내려지던 날 저녁, 남편은 가게 문을 닫고 돌아오다가 승용차에 치였다. 여자는 석 달간의 식물인간상태 끝에 병원비를 감당하지 못하고 남편의 산소호흡기를 떼어냈다. 남편에게 그간 투약했던 링거액이 여자 자신의 목구멍으로 범람해오르는 듯했다. 아이는 세 살이었다.

아이는 끓어오르는 냄비 안에 수저를 꽂는다. 거품이 수그러든다. 칼국수 속에서 새끼손가락만한 멸치를 건져낸다. 여자는 음식을 깨지락거리는 아이를 본다. 김치를 잔뜩 풀어넣은 칼국수가 식어간다. 연속극에 넋이 나간 아이를 못 본 체하고 칼국수를 먹는다.

남자와 아이는 친구가 되었다. 그는 구리동전 하나에도 쌍심지를 켜는 주변의 어른들과는 달랐다. 늘 여유로웠고 그 여유를 담배 한 개비로 더욱 맛깔스럽게 태워가는 법을 알았다. 그다지 완벽한 대화상대는 아니었지만 어쨌든 친구가 생겼으므로 아이는 노란 뱀을 찾는 것을 잠시 미뤄두기로 했다.

아이는 여자 몰래 고기를 덜어 중학생 사내애들에게 판다. 골목 한쪽에서 수거해가지 않은 음식쓰레기가 썩어간다. 사내애들이 좀처럼 돈을 건네지 않은 채 눈짓을 주고받는다. 그중 한 명이 아이의 어깨에 손을 얹는다.

"너, 돈 더 갖고 싶지?"

잠시 후 따라간 빌라의 지하주차장에는 두 명의 사내애가 더 있다. 입술이 거무튀튀한 사내애가 물고 있던 담배를 내던진다.

"그럼, 게임 시작하자."

사내애들은 아이를 주차된 자가용들 사이의 낚시의자에 앉힌다. 아이를 포함해 여섯 명에서 가위바위보를 한다. 가위를 낸 사내애가 재빨리 보로 바꾼다. 가장 덩치 큰 사내애가 나서서 진 사람이 옷을 한 겹씩 벗기로 되어 있다고 말한다. 아이가 걸친 것은 속옷과 원피스뿐이다. 아이는 들개처럼 자신을 내려다보는 사내애들의 시선에 당황한다. 게임을 그만두겠다며 일어선다. 사내애들이 주위를 빙 둘러싸고 선 채로 욕지거리를 내뱉는다. 가까스로 그 틈을 빠져나온 아이가 주차장 외부로 통하는 경사면을 오를 때다. 누군가 와락 달려들어 아이의 치맛자락을 들친다. 다른 하나가 재빨리 손을 뻗어 팬티 위로 아랫도리를 더듬는다. 발버둥을 치던 아이가 시멘트 바닥에 나동그라진다. 사내애들의 낄낄거리는 웃음소리를 뒤로하고 아이는 필사적으로 달리기 시작한다. 검은 비닐봉지를 흔들거리며 지나가는 남자가 보인다. 재빨리 그의 팔을 붙잡고 매달려 뒤를 돌아다본다. 도망간 아이 뒤를 어슬렁거리며 쫓아와 기웃거리던 사내애들이 슬그머니 돌아선다.

여자는 순무처럼 흰 아이의 허벅지에 멍이 든 것을 발견한다. 아이는 보조침대 위에서 불편하게 몸을 구부린 채 잠들었다. 여자는 텔레비전을 끄고는 아이 쪽으로 선풍기 바람을 돌려놓는다.

남자는 아차산 근교로 운송을 나갔다가 벌에 쏘였다. 운송된 물건에 문제가 있다는 이유로 가게 주인과 운송회사 직원이 전화로 실랑이를 벌였다. 그 동안 남자는 질리도록 물이 오른 산을 바라다보았다. 늙은 등산객들 한 무리가 버스에서 내렸다. 그는 눈

앞에서 성가시게 날아다니는 것을 향해 무심코 손을 휘저었다. 벌은 맹렬하게 달려들어 손등에 침을 꽂았다. 남자는 벌을 손바닥으로 내리쳤다. 바닥에 떨어진 벌의 몸뚱이가 뭉개져 아스팔트 틈에 낄 때까지 운동화로 짓이겼다. 가게 주인은 전화에 대고 트럭운전사에게서 술냄새가 나는 것 같다고 말했다. 운송회사 직원은 그의 땀냄새라고 우겼다.

남자는 슈퍼마켓의 평상 위에 앉아 막걸리를 마신다. 아이가 곁에 걸터앉아 땅콩껍질을 벗긴다. 귓밥처럼 도톰한 달이 떴다. 남자는 요 근래 씻지 못한 몸이 근질거린다. 술만 들어가면 살갗 속으로 파고들어가는 듯 간지러운 목 언저리의 흉터를 긁어댄다. 트럭을 몰기 전에 지방에서 오토바이를 몰고 다니던 시절, 음주 후에 배달을 나갔다가 논두렁에 처박혀서 얻은 상처다. 닭껍질 같은 목의 피부가 벌겋게 달아오른다. 막걸리 세 주전자를 비운 남자는 자리에서 일어선다. 춤추는 오락기의 스텝을 밟듯 비틀거리던 남자는 전신주 밑에서 고꾸라진다. 아이는 정육점 문을 닫을 시간이라 얼른 돌아가지 않으면 여자에게 우족으로 얻어맞을 것이다. 다소 늙고 지쳐 보이는 친구는 전신주 밑에 돋아난 민들레 풀포기에 얼굴을 문대고 있다. 아이는 돌아서서 정육점 쪽으로 달려간다. 치맛자락이 후텁지근한 바람에 폴락폴락 날린다.

아이가 남자를 만난 것은 그로부터 닷새 뒤였다. 남자는 그간 피부가 더 그을린 듯했다. 아이는 트럭에 올라탄 그에게 다가가 말을 걸었지만 그는 건성으로 대답하고는 귀찮다는 듯 시동을 걸고 차를 출발시킨다. 아이는 모기 물린 어깨를 긁으며 길모퉁이를 돌아 사라지는 차를 바라본다.

여자는 새로 들어온 고기를 옮긴다. 돼지가 부위별로 해체되어 저장된다. 손에 들린 칼이 신체의 한 부위처럼 능숙하게 다뤄진다. 골절기가 드릴과 같은 소리를 내며 뼈를 동강낸다. 폭염 때문에 고기는 더이상 쇼케이스에 진열되지 않고 냉동고에 보관된다. 아이는 '고기 안에 있음'이라고 붙여진 빈 쇼케이스에 살갗을 댄다. 트럭이 지나간다.

남자는 입가로 술이 홍건히 배어나올 듯 취해 있었다. 대문에 제대로 열쇠를 꽂지 못하고 손이 연신 미끄러졌다. 아이는 열쇠를 낚아채어 문을 열어준다.

사무실에서는 음주운전이 발각된 그에게 더이상 일을 줄 수 없다고 했다. 남자는 사무실 건물 입구에 앉아 소주를 마셨다. 볕이 온몸의 땀구멍을 뜨겁게 팽창시켰다. 일자리를 잃는 것은 탯줄을 잡아뜯기는 것과 같이 더러운 기분이었다.

아이는 집 안으로 남자를 부축해 들어간다. 살림살이가 거의 없는 집 안의 방바닥에 남자를 눕힌다. 좁은 공간에는 온통 빨랫

감과 쓰레기뿐이다. 남자가 비틀거리며 일어나 화장실로 들어간다. 아이는 냉장고를 열고 페트병에 남은 사이다를 꺼내 따라놓는다.

남자는 좀처럼 나오지 않는다. 아이는 남자보다 자신이 더 어른이 된 듯하다. 집 안은 오래 묵은 가죽 누린내를 풍긴다. 집 안 곳곳의 창문을 연다. 남의 집에 발을 들였을 때의 낯설음과 호기심이 물씬 풍긴다. 새로운 행성에 놀러 간 어린 왕자의 기분이 이러했을까.

"이건 누구예요?"

아이가 서랍장 위에 놓인 액자를 가리키며 묻는다. 남자는 벽에 기대듯 눕는다. 아이는 문득 객쩍은 생각이 들어 손을 모아쥐고는 걸음을 옮긴다. 그때, 뜨겁고 끈적거리는 것이 발목을 잡는다. 남자의 손아귀 힘은 복사뼈를 부술 듯 그러쥐다가 발목을 끌어당긴다. 아이는 짧은 비명과 함께 미끄러져 문지방에 머리를 찧고 정신을 잃는다.

눈을 뜨자 누런 천장이 올려다보인다. 남자의 머리칼 냄새가 콧속으로 밀려들어온다. 아이는 시멘트 덩이에 눌리기라도 한 듯 팔다리를 움직일 수가 없다. 남자는 어린 새의 날갯죽지를 잡아뜯듯 아이의 가랑이를 잡아 벌린다. 벗겨진 티셔츠와 반바지가 방구석에 던져져 있다. 근원지를 모를 통증이 굵은 나무뿌리처럼 몸 구석구석으로 뻗쳐오른다. 남자의 땀방울이 배 위로 떨어지자 아이는 그제야 비명을 지르기 시작한다. 그에게서 상한 날고기 냄새가 난다. 남자는 아이의 머리칼을 움켜쥐고 방바닥에 머리를 내리친다. 아이의 시야가 고장난 엘리베이터처럼 덜컹거린다. 뜨거운 납덩어리가 아랫도리를 쑤시고 들어와 배에 무겁게 들어찬다. 뜨거운 점액질의 허물이 얼굴 위로 쏟아져내려 숨을 덮치듯 아이는 벅찬 호흡곤란을 느끼며 다시 기절한다.

트럭은 밤의 고속도로를 달리고 있었다. 아이는 본능적인 직감으로 울지 않는다. 차창 너머로 어두운 풍경이 연탄을 굴린 자국처럼 스쳐 지나간다. 남자가 아이를 내려놓은 곳은 시골 들길이다. 차의 불빛이 사라지고 나자 사방이 어둠이다.

무작정 걷던 아이는 목을 더듬는다. 남자의 손자국이 남은 목은 아직도 밧줄이 감겨 있는 듯 뻐근하다. 자신의 아랫도리를 내려다본다. 가랑이 사이에서 남자의 얼굴이 드러난다. 좁은 성기 틈으로 그가 빨려들어간다. 손바닥만한 주머니 속에 압축되어 담기는 홈쇼핑의 방수점퍼처럼 마지막 새끼손가락 하나까지 감쪽같이 사라진다. 용도를 알 수 없는 몸속의 통로 하나가 졸지에 가장 두려운 길로 바뀌었다. 아이는 어기적거리며 걷기 시작한다. 어둠에 묻힌 몸이 주변 논의 두엄 냄새에 물들어 점점 고약하게 문드러지는 듯하다. 아이는 비명을 지른다.

여자가 아이를 찾아온 곳은 경기도 평택의 파출소였다. 아무리 다그쳐도 아이는 입을 열지 않았다. 집에 오자마자 이틀을 내리 잤다. 여자는 아이의 옷을 갈아입히다 말고 허벅지에 말라붙은 핏자국을 발견한다. 깨어난 아이에게 우족을 고아 먹인다. 아이는 숨넘어갈 듯 딸꾹질을 해대며 지난 일을 털어놓는다. 아이가 경기를 일으킨다. 여자는 아이를 들쳐업고 동네에서 멀리 떨어진 병원으로 향한다.

얼룩진 시트 위에 눕혀진 아이가 몸을 뒤튼다. 의사는 검버섯이 핀 손으로 검사기구가 놓인 알루미늄 카트를 끌어당긴다. 순두부처럼 연한 아이의 질 벽이 수저로 긁어낸 듯 심하게 헐었다. 다리를 오므리려 안간힘 쓰는 아이의 종아리 근육이 바짝 도드라진다. 거즈를 집은 집게를 내려놓은 의사는 요즘 분만 환자가 적어 수술실에 먼지가 쌓일 지경이라고 말한다.

거리로 나오자 끈끈이주걱의 턱에서 떨어지는 진액처럼 무거운 땀줄기가 여자의 목덜미에서부터 가슴골로 이어진다. 아이를 업은 여자는 진단서를 쥐고 경찰서로 향한다. 신고 절차는 복잡했다. 아이에게 몇 개의 질문을 건넨 형사는 다시 찾아오라며 날짜를 정해준다. 아이는 말이 없어졌다. 경찰서에 들를 때나 배가 고플 때를 제외하고는 입을 열지 않았다. 집과 가게 밖을 벗어나지 못했다. 불고기를 볶고 갈비찜을 해줬지만 밥을 반공기 이상 비우지 못했다. 남자는 트럭과 함께 자취를 감추었다. 마지막으로 찾아간 지 일주일이 지나도록 경찰서에서는 연락이 없었다.

아이는 잠을 자다가 아랫도리가 아프다며 자주 깨어나 울곤 했다. 성기의 연한 살점을 끈끈이주걱에게 물린 듯한 질긴 통증과 함께 가위에 눌렸다. 도로변의 차가 지나는 소리라든가 누군가의 언성 높은 목소리만 들어도 등골에 소름이 끼쳤다. 한번은 여자가 실수로 리모컨을 밟아 텔레비전 볼륨이 올라가자 아이가 날카로운 비명을 지르며 몸을 웅크렸다. 아이는 살갗의 비늘들이 일제히 얼어버리는 것을 느끼며 몸을 떨었다. 할 수만 있다면 다시 여자의 몸속을 되짚어 더운 주머니 속으로 돌아가고 싶었다.

경찰서를 찾아갈 때마다 형사는 같은 질문을 반복했다. 성폭력을 전담한다는 여형사는 잠깐 얼굴을 내비치더니 더이상 만나볼 수 없었다. 형사가 대하는 태도로만 봐서는 아이 쪽이 피해자인지 피의자인지 혼란스러울 지경이었다. 경찰서에 다녀온 밤에는 매번 열이 끓었다. 살아 있는 것들이 때로는 죽은 살덩어리보다도 더 고약한 냄새를 풍긴다.

여자가 칼에 묻은 지방을 떼어낸다. 식당집 주인은 딸아이의 생일잔치 반찬으로 쓸 돈가스용 고기를 주문한다. 여자는 생고기를 연육기에 넣고 작동시킨다. 아이는 간이침대에 누워 있다. 식당집 주인이 그 모습을 흘끗 보더니 고기가 든 봉지를 들고 나간다.

"아, 범인이 집엘 안 들어오는데 어떻게 잡습니까? 집엘 들어가야 가서 범인인지 아닌지 잡다 확인을 할 거 아니에요. 안 그래? 기다려요, 좀. 우리도 놀고먹는 거 아니니까……"

형사는 일방적으로 전화를 끊는다.

여자는 버너에 프라이팬을 올리고 식용유를 부어 아이에게 줄 돈가스를 튀긴다. 아이는 마요네즈와 케첩을 바른 돈가스를 끝부분만 조금 베어먹고는 잠이 든다.

가게 뒤편의 화장실로 향하던 여자는 문득 하늘을 올려다본다. 자색으로 변해가는 하늘의 수평선이 깊다. 낮게 뜬 달은 만삭인 여인의 배처럼 부풀었다. 오줌버캐 긴 변기 주변으로 모기떼가 극성이다. 노끈에 매달린 화장실 열쇠가 쭈그려앉은 여자의 허벅지에 닿는다.

사고를 당한 후로 아이는 오줌 누는 것을 어려워한다. 반드시 집에서만 용변을 본다. 변기 위에 앉아 발등을 비비며 괴로워하다가 한참 만에 간신히 쪼르륵, 고드름 녹는 소리를 내며 오줌줄기를 흘렸다.

여자가 가게에 들어섰을 때 막 문밖을 지나는 트럭이 눈에 띈다. 운전석에 앉은 남자의 검은 옆통수를 얼핏 본 듯하다. 여자는 재빨리 수화기를 걸고 형사에게 전화를 건다. 갓 베어올린 돼지 간처럼 따뜻하고 비릿한 맛이 빈 입 안을 훑고 지나간다. 여자는 서둘러 가게를 정리하고 아이를 들쳐업는다.

 그뒤로 경찰서에서는 연락이 없다. 몇 차례 전화를 걸었으나 담당형사는 매번 자리를 비웠다. 아이가 떨고 있는 모습을 보면 여자는 두려움이 피어오르는 것을 느낀다. 두려움은 언제나 분노를 동반한다. 여자는 나뒹구는 비곗덩어리들을 움켜쥐어 쓰레기통에 버린다.

 저녁 공기가 습하다. 여자의 왼쪽 팔에 들린 시장바구니가 흔들거린다. 여자는 놀이터 옆 주택가로 들어선다. 놀이터 입구에는 먼지를 뒤집어쓴 트럭이 세워져 있다. 반쯤 열린 대문 안으로 들어선다. 자전거 한 대가 죽은 곤충처럼 대문 옆에 비스듬히 기대어 있다. 반지하로 이어지는 시멘트 계단은 좁고 깊다. 집 안의 불빛이 현관 유리문 위로 번져 있다. 여자는 문을 두드린다. 한참 만에 문이 열리고 남자가 나타난다. 기미 낀 남자의 얼굴을 확인한 여자는 다시금 자궁이 석고처럼 차갑게 굳는 것을 느낀다. 어스름 속에서 여자를 확인한 그의 얼굴에 미약한 경련이 인다. 그가 여자의 멱살을 움켜쥔다.

"죽여버리기 전에 당장 꺼져."

그가 문을 닫고 들어간 자리에서는 술냄새가 풍긴다. 여자는 계단에 걸터앉는다.

남자가 다시 나온 것은 열시가 다 될 무렵이었다. 그는 현관문을 열고 두 발자국을 채 떼기 전에 몸속에 짧은 진공상태가 스쳐가는 것을 느낀다. 솟아나는 현기증을 느끼며 뒷걸음질친다. 여자가 그를 현관 안쪽으로 떼민다. 그의 배에 꽂았던 독일 나이프를 빼낸다. 칼날은 그의 어깨와 심장을 차례로 파고든다. 흘러내린 피가 장판에 고인다. 그의 몸 사방에서 핏줄과 힘줄, 근육이 공 튀기는 소리를 내며 끊긴다. 가느다란 직선을 그리는 칼날은 굳게 닫힌 여자의 성기를 닮았다. 칼끝이 마지막으로 후비고 들어간 곳은 공포로 쪼그라든 그의 고환이다. 여자는 신발 바닥에 끈적끈적하게 들러붙은 피를 닦아낸다. 수돗물에 칼을 씻는다. 칼은 대수롭지 않게 핏자국을 벗는다.

장마는 새벽부터 시작되었다. 빗줄기가 쏟아붓듯 내리친다. 여자는 남편의 제사상 앞에 앉아 날이 밝는 것을 바라본다. 살다보면 삶의 어느 부분은 더러 식어버린 소 머릿고기처럼 퍽퍽하기 마련이었다.

집 안이 눅눅하다. 여자는 보일러를 켠다. 한여름인데도 아이는 두꺼운 담요를 뒤집어쓴 채 땀 흘리며 잠들어 있다.

가느다란 머리칼이 떨어진다. 차가운 가위가 아이의 이마를 스친다. 미용사는 귀밑으로 아이의 머리칼을 잡아당겨 양쪽 기장을 맞추어본다. 아이는 미용가운 밑에 손을 모은 채 방울 달린 머리 고무줄을 만지작거린다. 분무기로 물을 분사하자 아득히 먼 대륙에서 내리는 비처럼 낯선 물냄새가 훅 끼친다. 아이는 거울 너머로 짧아진 커트머리를 본다. 종이를 대고 자른 듯 가지런한 앞머리는 마치 이집트의 왕자 같다.

장마가 끝난 거리에는 더욱 지독한 폭염이 내려앉았다. 여자는 부지런히 날고기를 자르고 실내를 청소한다. 모기향이 몸을 허물며 타들어간다. 길가에 인적이 드물다. 긴 장마기간 동안 고기들은 숙성실 안에서 얼음층을 쌓으며 더 단단해져간다. 여자는 빈 쇼케이스 안의 인조잔디들을 전부 꺼내어 눈곱처럼 엉긴 기름때를 벗겨낸다.

아이는 『어린 왕자』 책을 냄비받침 삼아 라면을 먹는다. 표지에 그려진 어린 왕자의 금발과 긴 망토에 국물이 튄다. 여자가 냉동고에 들어간다. 아이는 라면가락을 입에 문 채로 일어나 텔레비전 채널을 돌린다. 뉴스에서는 피서객들이 한창 몰리는 해변이 비쳐진다. 대낮의 볕이 기름때 앉은 가게의 유리문 위로 미끄러진다. 여자는 고깃덩어리를 들고 나와 육절기 안에 넣는다. 냉동고에서 뿜어져나온 부연 냉기가 공중에 흩어진다. 아이는 냉동고 안으로 발을 디딜 수 없다. 아이의 몸상태가 아직 냉기를 견뎌낼 수 있을 만큼 좋지 않기 때문이다. 여자는 몸무게가 조금 늘었다. 매주 목요일 냉동차를 끌고 오는 배달원 사내가 무거운 고기를 옮겨주겠다는 호의도 거절한다. 냉동고를 출입할 수 있는 것은 여자뿐이다.

아이는 양은대야를 들고 화장실로 간다. 가게 뒷문 문턱에 걸터앉아 냉수를 채운 대야에 발을 담근다. 덜 익은 석류알 같은 새끼발가락이 움츠러든다. 쓰레기봉지 주변을 기웃거리던 개가 절뚝이며 다가온다. 어깨너머로 육절기 작동되는 소리가 종잇장 넘기는 소리처럼 들려온다. 하늘에는 오래된 흉터처럼 희미한 달이 떠 있다. 누군가 가게 문을 열고 들어선다. 무얼 드릴까요. 건조한 여자의 목소리가 묻는다. 아이는 줄기 시작한다.

커브 없는
직구의 마력

정여울(문학평론가)

1

　1986년생, 스물두 살. 중고등학교 시절, 각종 청소년문학상을 싹쓸이하다. 청소년 문학계에서 '그녀를 모르면 간첩'. 전아리, 그녀의 인터뷰에서 튀어나온 놀라운 문장, "지금까지 어떤 상을 받았는지 기억도 못해요".(세계일보 2008년 5월 1일자) 도대체 얼마나 많은 상을 받았기에? 하나, 둘, 셋…… 열하나…… 세어보다 갑자기 너털웃음이 나와 그만둘 정도의 상이라면, 기억을 못할 만도 하다. 제2회 세계청소년문학상을 받으며 또 한번 문단을 발칵 뒤집은 그녀에게, 아마도 이 창작집은 그녀의 이름 앞에 붙은 '청소년'의 레테르를 말끔하게 지워줄 것 같다. 그녀에게 이 창작집은 '청소년' 작가의 끝자락이자 프로페셔널한 '작가'의 문턱이 될 것이다. 이십 일 만에 장편소설을 완성했다는 괴력(?)의 스피드도 놀랍고, 벌써 수십 편의 단편과 두 편 이상의 장편을 완성했다는 양적 성취도 놀랍다. 그러나 전아리를 둘러싼 그 어떤 화제의 토픽들보다도 그녀의 작품, 그녀의 문학 그 자체보다 놀랍지는 않을 것이다.

①"살아 있는 것들이 때로는 죽은 살덩어리보다도 더 고약한 냄새를 풍긴다."(「팔월」, 251쪽)

②"몸이 노곤한 날은 잇몸부터 저려온다."(「메리 크리스마스」, 40∼41쪽)

③"능력 있는 감독이란 죽은 떠돌이 개의 사체를 찍기 위해 찾아다니는 쪽이 아니라 살아 있는 개를 향해 트럭을 내모는 편이라는 걸 깨달은 것은 그로부터 얼마 지나지 않아서였다."(「내 이름 말이야」, 71쪽)

④"아버지는 '왜'라는 단어를 싫어했다. 세상사를 따지는 것은 배부른 놈들이나 하는 짓이라고 했다. 그는 주름진 구두를 발끝에 긴 채로 까닥거리며, 우리네의 삶은 짧은 키로 보이는 만큼만 보려

고 해야 버텨나갈 수 있다고 내게 가르쳤다."(「외발자전거」, 98쪽)

⑤"황여사가 소개해주는 남자들의 공통점은 대부분 무언가에 쫓기는 듯 조급하다는 것이다. 내 몸을 즐길 때는 지불한 만큼의 대가를 한 톨도 남김없이 쓸어가겠다는 듯 충혈된 눈으로 기어오르다가도, 일을 치르고 나면 다들 도망치듯 앞서 방을 나간다. 재떨이에 비벼놓은 꽁초의 온기가 채 식기도 전에 사라져버리곤 하는 그들의 뒤에 남아 나는 차근차근 돈을 센다. 이 세상에서 암묵적으로 행해지는 수많은 거래에 비하면, 오히려 육체와 돈으로만 뚜렷하게 이루어지는 나의 거래는 오히려 깨끗하다고 볼 수 있다."(「작고 하얀 맨발」, 133~134쪽)

그녀의 문장은 ①처럼 암시적인 아포리즘의 시적 울림으로 빛나는가 하면, ②처럼 생존의 극악한 피로를 무심한 함축적 문장으로 담아내기도 하며, ③처럼 냉혹한 생존의 진실을 무덤덤하게 내뱉기도 한다. 두 사람의 키를 합쳐야 '정상인'의 키가 되는 아버지와 아들 사이에 오가는 가르침이 ④처럼 건조하게 펼쳐지기도 하며, 몸을 팔아 생활을 꾸리는 젊은 여성의 독백을 그 어떤 감정적 잔여물도 보이지 않은 채 ⑤처럼 냉정하게 서술하기도 한다. 그녀의 문장은 감정의 물기로 질척이지 않으면서도 '포즈로

서의 쿨함'이 없어 진솔하게 다가온다.

눈에 띄는 아무런 기교가 느껴지지 않으면서도 읽은 후엔 기묘한 애잔함을 남기는 그녀의 문장은 '안정적 서사'에 앞서 독자에게 편안함을 선사한다. 그녀의 소설은 이십대 초반의 나이를 '미루어' 상상할 수 있는 도발적 포즈나 감각적 참신함이 아니라, 의외의 '정공법'으로 독자에게 말을 건다. 요컨대 그녀는 그녀를 둘러싼 떠들썩한 소문과는 어울리지 않게, 폭풍의 눈처럼 고요하다. 신인에게 흔히 쓰는 표현인 '도발성'이나 '참신성'을 그녀의 소설에서는 찾아보기 어렵다. 그녀의 무기는 도발성이 아니라 한없이 투명한 진지함, 그리고 조숙을 넘어 조로를 넘보는(?) 우직한 차분함이다. 그녀는 새로움으로 인하여 새로운 것이 아니라 그 놀라운 낯익음으로 인하여 새롭다.

2

그녀의 서사에는 음모나 비밀이 없다. 그녀는 독자를 서사의 블랙홀에 빠뜨리지 않는다. 되도록이면 친절하게, 되도록이면 직선적으로 서사를 명쾌하게 뽑아낸다. 그녀의 스토리텔링은 독자를 서사의 미궁에 빠뜨리지 않는다. 그녀가 이야기를 이끌어가는 방식은 오늘날의 젊은 작가들보다는 오히려 과거의 노련한 작가들을 떠올리게 하며, 그녀의 서사적 기법은 새롭다기보다는 오히려 은근한 전통적 균형미를 추구한다. 그녀의 첫번째 창작집에 실린 열 편의 소설들 하나하나가 성격이나 직업, 환경이 전혀 다른 인물들의 이야기다. 주인공들의 생업 자체가 다채롭다.

「강신무」의 주인공은 내림무당을 어머니로 둔 전통찻집의 운영자이며 「메리 크리스마스」의 주인공은 서적 방문판매와 보험 외판원을 겸직하고 있으며 「내 이름 말이야,」의 주인공은 다큐멘터리를 찍는 학부생이다. 「외발자전거」의 주인공은 저글링과 불 쇼를 비롯한 다양한 서커스를 구사하는 '난쟁이' 광대이며 「박제」의 주인공은 제목처럼 박제사이고 「작고 하얀 맨발」의 주인공은 몸을 파는 젊은 여성이다. 「깊고 달콤한 졸음을」의 주인공은 행자생활을 하는 예비승려이고, 「파꽃」의 주인공은 어머니의 노름빚을 갚느라 하루도 마음 편할 날 없이 대형할인마트 시식코너에서 하루종일 돈가스를 굽는다. 「범람주의보」의 주인공은 사채업자의 행동대원이고, 「팔월」의 주인공은 정육점을 경영하는 어머니와 그 어린 딸이다. 이만하면 한국사회의 마이너리티들이 총출동한 듯하다. 그녀의 텍스트를 투과한 마이너리티들의 이야기는 하나같이 절규 없이 신음하는 자들, 그들의 신음소리를 세상 바깥으로 흘려내보내지 못하는 사람들의 조용한 복화술이다.

그녀에 대한 최소한의 정보만을 알고 있었을 때(어린 나이와 화려한 수상경력) 나는 지극히 상투적인 선입견을 작동시켰다. 그 어떤 거대담론의 이데올로기로부터도 자유로울 것만 같은, 상큼하고 도발적인 무중력의 세계. 기성세대는 결코 이해할 수 없는 그들만의 세계를 그리는, 지극히 신세대다운 '그들만의 이야기'를. 그러나 전아리의 작품들은 이러한 '신예'를 향한 선입견의 클리셰를 기분 좋게 배반한다. 그녀의 작품을 흐르고 있는 정서는 공격적 도발성이 아니라 타자의 고통에 대한 조용한 공감이며, 그녀의 정체성은 기존 문학의 자장으로부터 자신을 '단절'시키는 것이 아니라 자신 또한 한국문학의 열매임을 오래 전부터 의식하고 있는 듯한 역사적 감각이다.

그녀는 나이를 짐작할 수 없는 난만한 문체와, 몸을 던진 취재가 아니라면 도저히 알아낼 수 없는 타인의 삶 속으로 젖어드는 흡인력으로 독자의 시선을 끌어당긴다. 그녀의 창작방법은 그로테스크 리얼리즘이나 환상적 리얼리즘이 아니라 오히려 아주 전통적인 리얼리즘에 더 가까운데도 불구하고, 그 '서사의 직구'는 오히려 참신하게 다가온다. 너무 많은 서사의 커브와 문체의 변화구에 길들여진 탓일까. 전아리의 서사와 문체는 그 낯익음으로써 오히려 참신하다.

전아리의 직설적 서사와 기교 없는 문체는 오히려 세대론적 공감대를 형성할 수 있을 것 같다. 최근의 신세대를 표현하는 다양한 '구별짓기'의 언표들—88만원 세대, 니트족, 캥거루족 등—은 이십대와 기성세대 사이의 심리적 거리를 더욱 심화시키는 결과를 낳았다. 전아리의 작품들은 그 저널리즘적 구별짓기에 조용히 저항한다. '그들'과 '우리' 사이에는 결코 서로를 이해할 수 없는 심리적 간극보다는, 그럼에도 불구하고 어쩔 수 없이 닮은 점이 훨씬 많다고. 그들도 우리처럼, 우리도 그들처럼 같은 시대의 공기를 마시는 인류일 뿐이라고 속삭이는 것 같다. 전아리는 '우리'와 '그들' 사이에서 수줍게 서성거린다. 21세기 버전의 「난장이가 쏘아올린 작은 공」처럼 가슴 뻐근하게 읽히는 「외발자전거」에서 그녀의 '키 작은' 주인공은 이 소통의 열쇠를 조용히 그러쥐고 있다. 소통이 철저히 차단된 듯 보이는 세계에서는 충돌도, 싸움도, 두 눈 부릅뜬 증오마저도, 소통의 희망이다.

알선업체에서는 나를 피하는 듯했다. 내가 약을 복용한다는 소문이 도는 것 같았다. 짜증이 쌓여가는데 이사온 지 얼마 안 된 옆집 노파는 문 앞에 온갖 고철덩어리들을 잔뜩 쌓아두어 골목길을 좁혀놓았다. 잔뜩 벼르고 있던 어느 날 고장난 선풍기에 발이 걸려 넘어진 것을 계기로 노파와 언성을 높여 다투게 되었다. 노파는 입에서 오래 묵은 된장 냄새를 풍기며 삿대질을 해댔고 나는 질세라 고철덩어리들을 발로 걷어챘다. 좀처럼 다른 사람들과 충돌해본 적이 없던 나는 싸움도 일종의 소통이 될 수 있다는 것을 깨달았다.(「외발자전거」, 104~105쪽)

3

그녀의 '직구'가 늘 투명한 직설화법으로만 일관하는 것은 아니다. 오히려 그녀는 직설화법으로 포장된 우리 시대의 알레고리를 그리는 데 능숙하다. 즉 그녀의 작품은 '직구'의 형상을 한 에움길이다. 그녀는 조감도의 시선으로 타자의 고통을 비추는 것이 아니라 타자의 시선에 비친 의심 없는 주체의 삶을 침투한다. 즉 그녀의 카메라는 헬리콥터를 타고 아래로 아래로 향하는 부감샷이 아니라, 카메라의 바로 '옆'에 있는데도 (무)의식적으로 외면당하는 피사체의 눈에 비친, 한없이 자신감에 넘치는 카메라 자체를 향하고 있다.

헤어진 애인의 토끼를 훔쳐 살아 있는 채로 박제해달라는 남자의 의뢰를 받아주는 박제사.(「박제」) 그는 남자의 상처 입은 영혼을 외면하고 수술대 위에 누운 동물의 시선을 외면함으로써 '훌륭한 박제품'을 완성시킬 수 있다. 작가의 시점은 박제사가 아니라 박제당하는 물고기, 토끼, 그리고 상처받은 사내의 뒤틀린 영혼과 함께, 기꺼이 흔들린다. 그는 자신의 박제에 멋들어진 의미부여를 한다. "토끼는 어둡고 차가운 지하실에서 다시 태어나는 것이다. 따뜻한 온기는 생명을 유지시켜주는 대신 시간을 부패시킨다. 나는 썩지 않는 새 삶을 선사한다."(「박제」, 125쪽) 그러나 그가 아무런 죄책감 없이, 오히려 자신의 기술에 대한 자긍심에 넘쳐 자행하는 박제의 대상(타자)들의 내면은 이렇게 꿈틀거린다.

　　―선택되고 싶니?
　　―선택되고 싶어.
　　―어째서?
　　―내 꼬리에 난 상처 좀 봐. 맛없는 먹이 몇 알을 갖고 벌이는 이 좁은 수족관 안에서의 한심한 싸움이 지겨워.
　　―고통스러울까?
　　―그렇겠지. 하지만 아주 짧은 고통이야. 그후에는 아무것도 느끼지 못할 거야.
　　―두렵지 않아?
　　―전혀. 만약에 두렵다고 해도 우리에겐 선택의 여지가 없잖아?

—난 두려워. 난 몸에 닿는 따뜻한 수온을 느끼고 싶어. 그럼, 네가 위쪽에서 헤엄치는 게 어때? 나는 저 밑바닥에 숨어 있을 테니까.

　—좋을 대로 해.

　—고마워.

　—천만에.(「박제」, 127~128쪽)

　박제사의 날카로운 메스는 문명의 이름으로 자행되는 도구적 이성의 폭력을 빼다박았다. 박제사＝문명인의 눈에는 모든 생물(타자)이 '꽤 괜찮은 작품'의 대상으로 보인다. 우리는 우리가 하는 짓을 모른다. 아니, 모르는 척한다. 모르는 척하는 것으로도 모자라 모르기 위해 기를 쓴다. "사람들은 알까? 한밤중 불을 탁 켜면 그 밤의 어둠이 얼마나 아파하는지를."(김혜순, 「쥐」) 생명이 '없어 보이는' 어둠의 아픔까지도 함께 아파하는 시인의 낮은 목소리를, 문명인은 아주 가끔, '고상한 취미'로만 듣기를 좋아한다. 어둠의 찢긴 상처를 함께 아파하는 시인의 목소리가 삶 자체에 깊숙이 침투하는 것은 문명인의 바쁜 일상이 버티기에는 너무 힘겨운 자기 반성이다. 매순간 반성한다면 문명은 발전할 수 없으며 매순간 타자의 아픔을 함께 아파하다가는 문명의 속도를 따라잡을 수 없다. 이렇듯 문명은 자신의 폭력을 합리화하는 자기 기만

없이는 한순간도 유지될 수 없다. 전아리의 작품에 나타난 이 현대문명의 알레고리는 우리 곁의 너무도 가까운 일상적 폭력, 악덕 사채업자에게 고용된 행동대원의 내면에서도 어김없이 실현된다.

가슴팍을 봐라, 하고 구식 형이 말했다. 사무실에 들어와 처음으로 채무자를 잡으러 간 날이었다. 처음엔 꼴에 양심이란 게 남아 있어서 자기 주먹에 스스로 비위가 상하지. 그럴 땐 남녀노소 가리지 말고 가슴팍만 보고 돌진해. 내가 정복해야 할 벌판이라 생각하고. 저 가슴팍 하나 점령하면 그 공간만큼 내가 발 딛고 숨 쉴 수 있는 땅덩이가 넓어지는 거야.
채무자의 집을 쑤시고 들어가 있을 때면 나는 절대 실내에 걸려 있는 거울을 보지 않았다. (「범람주의보」, 231~232쪽)

무방비 상태에서 고스란히 '나'의 린치를 받아내는 채무자(타자)의 얼굴을 똑바로 바라본다면, 채무자의 방에 걸린 거울에 비친 내 자신의 흉한 몰골을 본다면, '우리'는 결코 '주어진 업무'를 수행할 수 없을 것이다. 그러나 함께할 수 없는 타자에 대한 섣부른 연민이야말로 더더욱 경계해야 할 대상이다. 여장 남자의 다큐멘터리를 찍는 대학생의 이야기를 그린 「내 이름 말야,」는 '인물의 삶과 애환'을 묘사한다는 핑계로 이 세상의 수많은 카메라가 타자들의 삶을 얼마나 참혹하게 도륙하는가를 생생하게 묘사한다. 여장 남자의 '애환'을 찍는다는 포장지를 한 꺼풀만 벗겨내면, 다큐멘터리를 찍는 이 대학생은 그의 애환을 매우 '효과적으로' 상품화시켰음을 알게 된다.

화장기 없는 그의 얼굴은 사막처럼 메말라 보였다. 텔레비전의 화면을 통해 보니 그의 브래지어 끈은 때가 타 있는 듯 바래 보였다. 후배의 스커트 속을 향한 그의 야릇한 눈빛과 고무줄 바지 속에 묻힌 성기가 비상하려는 새처럼 솟아오르는 장면은 아주 짧게, 그러나 분명하게 스쳐갔다. 여장 남자들이 모자이크 처리되어 조각난 채로 비춰졌다. 양주잔이 날아오는 바람에 몰래카메라가 들어 있는 가방이 바닥에 떨어졌다. 셀프카메라처럼 불안정한 화면 속에는 두 여장 남자들이 싸우는 장면이 거꾸로 잡혀 촬영되었다. 업소 안의 불안한 기류가 여실히 담길 수 있었던 우연한 수확이었다.

아파트에서 가족이 이사간 사실을 알고 낙담하는 그의 표정이 잡혔을 때는 덩달아 속이 저려오는 기분까지 들었다.

엔딩크레디트가 올라가며 영화 〈헤드윅〉의 주제곡이 흘러나왔다. 화면 구석에는 그의 세미누드 사진 몇 장이 종잇장 넘어가듯 천천히 비춰졌다. 그러나 애인과 함께 해맑게 웃고 있는 사진은 첨부하지 않았다. 작품에 대한 총평에서는 잔인할 정도로 노골적

이며 심도 있게 인물의 삶과 애환을 표현했다는 말이 나왔다.(「내 이름 말이야.」, 78~79쪽)

타자를 고통스럽게 하는 것은 주어진 고통의 중량 자체만이 아니라, 타자를 끝내 타자로 가두어두는, 분명한 타자를 더더욱 선연한 타자들의 세계로 밀폐해버리는, 주체의 시선이었음을 이 작품은 냉정하게 그려낸다. 이 대학생의 다큐멘터리에 상을 준 주최측 또한 인물의 삶과 애환에 대한 '심도 있는' 표현 자체가 아니라 그 '잔인할 정도로 노골적인', 타자를 향한 공격적 관음증에 점수를 준 것이다.

4

전아리의 소설은 타자를 외면한 주체의 죄의식을 환기시키는 데 그치지 않는다. 그녀의 소설 속, '고통받는 피사체'들은 그들의 고통을 증폭시킨 주체들에게 크고 작은 폭력의 부메랑을 되돌려준다. 「팔월」에서 정육점을 운영하는 여자는 어린 딸이 같은 동네에 사는 남자에게 끔찍한 성폭행을 당했음에도 늑장 수사에 오히려 피해자인 아이를 마치 피의자인 양 학대하는 경찰의 무심함에 또다시 상처 입는다. 아랫도리가 아프다며 자주 깨어나 울곤 하는 아이, "성기의 연한 살점을 끈끈이주걱에게 물린 듯한 질긴 통증과 함께 가위에 눌렸"(「팔월」, 251쪽)던 아이의 고통을 여자는 더이상 바라만 볼 수 없다.

> 남자가 다시 나온 것은 열시가 다 될 무렵이었다. 그는 현관문을 열고 두 발자국을 채 떼기 전에 몸속에 짧은 진공상태가 스쳐가는 것을 느낀다. 솟아나는 현기증을 느끼며 뒷걸음질친다. 여자가 그를 현관 안쪽으로 떼민다. 그의 배에 꽂았던 독일 나이프를 빼낸다. 칼날은 그의 어깨와 심장을 차례로 파고든다. 흘러내린 피가 장판에 고인다. 그의 몸 사방에서 핏줄과 힘줄, 근육이 공 튀기는 소리를 내며 끊긴다. 가느다란 직선을 그리는 칼날은 굳게 닫힌 여자의 성기를 닮았다. 칼끝이 마지막으로 후비고 들어간 곳은 공포로 쪼그라든 그의 고환이다. 여자는 신발 바닥에 끈적끈적하게 들러붙은 피를 닦아낸다. 수돗물에 칼을 씻는다. 칼은 대수롭지 않게 핏자국을 벗는다.(「팔월」, 254쪽)

머나먼 타자로서, 흉흉한 소문으로만 존재하는 '대상'들의 출구 없는 비명은 이렇듯 소리없는 폭력의 부메랑으로 '주체'의 존재를 위협한다. 대상을 찍는 카메라를 빼앗아 바로 그 카메라를 든 주체의 관음증을 찍는 이 숨은 타자들의 목소리. 이 소리없는 절규는 언제나 주어와 서술어가 고스란히 보존된 완전한 논리적 문장이 아닌, 이렇게 숨죽인 폭력이나 메마른 복화술로 드러난다. 전아리의 카메라는 손쉽게 환상의 영역이나 초현실의 영토로 도피하지 않는다. 그녀의 카메라는 우직하고도 노련하게, 그 어떤 자기 기만으로도 은폐되지 않는 현실의 영토를 집요하게 비춘다.

「난장이가 쏘아올린 작은 공」의 시절에는 사회적 타자를 바라보는 시선이 노동계급의 문제로 어느 정도 환원될 수 있었다. 그것은 지배와 피지배의 문제이기도 했고 착취와 피착취의 문제이기도 했다. 「난장이가 쏘아올린 작은 공」이 현재의 관점에서는 다소 이분법적으로 보이는 이유도 그 때문이다. 그러나 사회적 소수자의 지형도가 한 눈에 조감되지 않는 현재의 우리사회에서는 오히려 수없이 많은 타자성의 그 무차별적인 '차이'가 우리를 혼란스럽게 한다. '노동계급'이라는 전형적 언표는 물론 '마이너리티'라는 개념으로도 쉽게 묶을 수 없는, 너무도 다채로워 현기증을 불러일으키는 타자들은, 그리하여 타자를 타자로서 '구별짓기'하는 주체의 욕망 자체를 무색하게, 수치스럽게 만든다. 전아리가 그리는 타자들의 소리없는 아우성은 바로 박제된 피라니아와 박제 직전의 새빨간 토끼의 부릅뜬 눈을 닮았다.

우리는 그녀의 소설을 우리가 잘 알고 있는 메스와 수술대를 이용해 '훌륭한 박제'로 만들고 싶은 욕망을 느끼기 쉽다. 그녀의 소설들은 마취제와 메스를 이용해 피부를 찢어낸 후에도 여전히 심장 박동을 멈추지 않고 여전히 붉은 선혈을 뚝뚝 흘리며 꿈틀 대는 내장의 표정으로, 우리의 메스를, 우리의 수술대 자체를, 그 '안정된 주체들의 공동체'를 추악한 루머로 만드는 데 성공한다. 그녀의 인물들은 정형화된 타자의 이미지를 형상화하는 수많은 계층적/집단적 구별짓기의 장벽을 하나하나 벽돌 깨듯 천천히 무너뜨린다. 그녀가 그리는 꿈틀대는 타자들은 그 '주체의 구별 짓기'의 그물을 찢고 날아오르는 존재들이다.

그녀의 주인공들은 '니트족'처럼 노동을 회피하지도 않고(더 정확히 말하면, 노동을 회피할 수 있는 최소한의 권리나 부모의 원조 조차 그들에게는 없다), '키덜트'처럼 다 자란 몸으로 아이의 세계 를 쓰다듬지도 않으며(아이들의 세계를 취향이나 취미로 향유하기 에는 그들의 생존이 너무 팍팍하다), '딩크족'처럼 아이를 낳아 키 우는 평범한 삶을 회피할 수도 없다. 「작고 하얀 맨발」의 '몸 파는 젊은 여자'는 아빠가 누구인지도 모르는 아이를 홀로 키움으로 써, 가족으로 인정받지 못하는 가족을 만들고, 노동으로 인정받지 못하는 노동을 기어코 해내며 제 손으로 제 아이를 키울 것이다.

포대기가 흘러내리는 수를 고쳐안고 개찰구를 향해 걷는다.

274

"음마."

작은 입술이 연신 마마, 엄마를 발음해낸다.

개찰구를 빠져나가자 맑고 차가운 바람이 얼굴을 휘감는다. 수의 포대기를 더 꽉 감싸안는다. 인디언들은 12월을 다른 세상의 계절이라고 부른다. 침묵하며 사랑하는 달이라고도 한다. 겨울이 가고 머지않아 봄이 오면 수는 아장아장 걷게 될 것이다. 수의 자그마한 맨발이 디딜 수 있는 따뜻한 흙이 있는 곳을 찾아야지. 나는 수의 곁에 쪼그리고 앉아 햇살을 받으며 노래를 흥얼거리고 있는 것도 좋을 것 같다.

아기가 웃는다. 기차가 느리게 달리기 시작한다.(「작고 하얀 맨발」, 148~149쪽)

홀로 아이를 낳고 허름한 여관방에서 지내며 더운물을 끓여 면기저귀를 빨고 젖병을 소독하고 도시락으로 된 미역국을 사다먹는 이 여자. '그 어떤 아버지도 닮지 않은 아이'를 낳은 이 여자는 김이 서린 차창 위로 작은 손가락을 꼬물꼬물 갖다대는 아기, "아기의 지문만한 세상이 내다보"(「작고 하얀 맨발」, 147쪽)이는 한, 자해공갈단 아버지와 광신도 어머니를 비롯하여 빈틈없이 이지러진 이 구석진 삶을, 보름달처럼 환하게 견뎌낼 것이다. 전아리의 주인공들은 그 어떤 마이너리티의 구별짓기의 울타리 속에

서도 편안하게 거주하지 않은 채, 너무도 철지난, 그러나 세상에
서 가장 따스한 삶의 방식을 끌어안은 채, 너무도 살갑고 곰삭은
타자들의 새로운 공동체를 꿈꾼다. 그녀가 소설을 쓰는 방식이
여전히 빛바래지 않은 직구의 정공법이듯이, 그녀의 인물이 세상
을 견디는 방식 또한 속임수나 변화구가 아닌, 정면돌파다. 뭐니
뭐니 해도 공은 역시 직구다.

작가의 말

이렇게 단편들을 골라놓고 보니, 각각의 글을 쓸 때 내게 있었던 일들이라든가 느낌 등이 생생하다.

예전에 어느 소설에선가 작가로 설정된 주인공이 자기가 썼던 글의 모든 주인공들과 한자리에서 모이게 되는 장면을 본 적이 있다. 이 책에 실린 단편의 주인공들과 다 같이 모여 앉게 된다면 나는 무슨 말을 하게 될까 생각해봤다. 이럴 줄 알았으면 잘생긴 주인공들을 등장시켜볼걸 그랬죠, 라는 등의 실없는 농담이나 하며 머리를 긁적이려나. 이제 막 세상에 얼굴을 내밀어보이게 된 등장인물들에게 힘을 실어주고 싶다. 모델 같은 몸매에 영화배우 뺨치는 얼굴을 만들어놓진 않았어도 모두들, 아름답다고.

문학동네 소설집

즐거운 장난

ⓒ 전아리 2008

1판 1쇄 │ 2008년 5월 23일
1판 2쇄 │ 2008년 6월 10일

지은이 전아리 │ 펴낸이 강병선

책임편집 조연주 서현아
마케팅 장으뜸 방미연 정민호 신정민
제작 안정숙 차동현 김정후

펴낸곳 (주)문학동네 │ 출판등록 1993년 10월 22일 제406-2003-000045호
주소 413-756 경기도 파주시 교하읍 문발리 파주출판도시 513-8
전자우편 editor@munhak.com │ 전화번호 031)955-8888 │ 팩스 031)955-8855

ISBN   978-89-546-0583-0 04810
       978-89-546-0587-8 (세트)

www.munhak.com